AF140396

Nur ein Moment im Leben

Ich widme dieses Buch
meiner Familie,

Meinem Vater, meiner Mutter
Und meiner privaten Lektorin- meiner
Schwester

und
Anita

Danke für euren Glauben an mich.

Bibliografische Information der Deutschen
Nationalbibliothek:
Die Deutsche Nationalbibliothek verzeichnet
diese Publikation in der Deutschen
Nationalbibliografie, detaillierte bibliografische
Daten sind im Internet über dnb.dnb.de abrufbar.

TWENTYSIX- der Self-Publishing-Verlag
Eine Kooperation zwischen der Verlagsgruppe
Random House und BoD- Book on Demand

Herstellung und Verlag:
BoD-Book on Demand, Nordstedt
ISBN: 9783740727147

Kapitel:

Was, wenn …

Über sieben Verbindungen,
sind wir mit der ganzen Welt
verbunden.

Die Menschen gehen Tag für Tag
aneinander vorbei.
Manchmal treffen sie aufeinander und
manchmal eben nicht. Sie erinnern an
Blätter, die im Herbst auf der Oberfläche
eines Flusses treiben. Sie treiben willkürlich
dahin. Manchmal treffen sie aufeinander,
lösen sich sofort wieder und ziehen in
verschiedene Richtungen davon; manchmal
bleiben sie aneinander hängen, trotz
flüchtiger Berührung, und lösen sich nicht;
und wieder manchmal treiben sie ganz dicht
aneinander vorbei – doch die Strömung
verändert unvorhersehbar ihren Weg und sie
sind sich ungeahnt nahe und begegnen sich
doch nie. Der Strom zieht sie davon. Was
Schicksal ist und was Zufall oder ob der
Zufall das Schicksal bestimmt, können wir
nicht mit Bestimmtheit sagen. Der
Zusammenhang ist vom Auge nicht zu
erkennen. Doch er besteht. Wir müssen nur
genauer hinsehen. Jede Tat bewirkt etwas.
Nichts bleibt ungehört oder verschwindet,
ohne eine Spur zu hinterlassen.

Niemand ist allein.
Denn von der Wiege bis zur Bahre sind wir
miteinander verbunden.

Leben

Um mich herum ist ein Rauschen,
wie von Regen,
doch es ist nur das Gewirr von Worten, von
unendlich vielen Menschen

Ich schlage die Augen auf,
jäh und plötzlich

Ich bin in einer Menge von Menschen, sie
gehen alle unter Tausenden bunten Schirmen
im Regen auf einer grauen Straße,
im Halbdunkel der Welt sind die Farben ein
wenig verwischt,
unwirklich wie ein Traum

Ich höre ihre Stimmen rings herum,
doch sehe ich kein einziges Gesicht,
nur graue Gestalten, die gehen, reden, lachen
verborgen unter ihren Schirmen

Regen trommelt auf mich hinunter,
und ich blicke hinauf in den Himmel,

dies hier,
dies hier ist der Strom des Lebens,

Und ich weiß, ich gehe, gehe
inmitten von hunderten Menschen, bin
wie ein Tropfen im Regen, eine von
tausenden,

Der Himmel ist weiß vom Regen,
weit und frei,
dort ist es ganz still,
von hier bis in die Unendlichkeit,

Regen rinnt über mein Gesicht,
wie Tränen, doch Regen,
während die Menschenmenge mich wie ein
Stein auf dem Grund eines Flusses umspült.

Tom

An dem Morgen, an dem das Leben endete,
waren ganz zarte Wolken am Himmel. Ein
helles Blau und flüchtige Streifen Weiß am
Horizont. Eben erst hatten die ersten
Geschäfte geöffnet.
Noch war alles still. Noch herrschte Ruhe
über den Läden der Bahnhofstraße. Es
herrschte kaum Betriebsamkeit, die letzten
Rollläden gingen hoch über den makellos
polierten Fensterscheiben mit den
Goldrändern.
Es war noch kühl vom Morgen.
Doch all das hatte keine Bedeutung mehr.
Denn an diesem Morgen endete das Leben.

Tom erreichte gerade die Traminsel am
Paradeplatz. Er hatte einen Becher mit
Kaffee in der einen Hand, seine
Aktentasche in der anderen; er trug einen
beigen Mantel und schwarze Schuhe.
Er eilte zum Kiosk, um noch eine Zeitung
zu kaufen, ehe sein Tram einfuhr. Noch war
alles, wie es immer war. Alles war
friedlich. Bald würde ein geschäftiger Tag
folgen, der sich in nichts von den anderen
unterschied, und bald schon wäre er
vergessen. Selbst die Kioskverkäuferin, die
jeden Tag dieselbe war, ohne dass es

jemand bemerkte, hätte wohl nichts
Besonderes an dem Tag entdecken können.
Doch an diesem Tag endete alles.

Tom versuchte, seine Zeitung zu bezahlen,
ohne etwas von seinem Kaffee zu
verschütten, und kramte aus seinem
Portemonnaie Kleingeld. Er hatte
angestrengt die Brauen zusammengezogen,
weil er Mühe hatte, alles in Händen zu
halten. Er kniff die Augen zusammen, weil
er das gewünschte Kleingeld nicht fand oder
nicht erkennen konnte. Vielleicht wurde es
doch einmal Zeit für eine Brille, dachte er
wieder einmal bei sich. Jemand ging nahe
an ihm vorbei. So nahe, dass er ihn beinahe
angerempelt hätte.
Es war laut und Tom fühlte sich von dem
Lärm gestört und blickte auf.
Er wusste nicht einmal, warum er aufsah. Er
blickte einfach auf, als spürte er, dass etwas
kommen würde. Als hätte er es gewusst, als
hätte er es schon immer gewusst – doch sich
erst in diesem Moment erinnert. Er sah auf
– einen Moment früher, als die Menschen
um ihn herum, und blickte dorthin, wo die
Welt stehen blieb.
Es war nur ein flüchtiger, ganz kurzer
Moment, in dem er nur dastand, in den
Händen das Portemonnaie, die Aktentasche

unter den Arm geklemmt und den Kaffee zwischen den Kaugummis des Kiosks abgestellt.

Gerade eben sah er noch den Mann, wie er loslief, ohne sich umzusehen. Vielleicht fiel er Tom auf, weil dieser Mann den gleichen Mantel trug wie er selbst. Vielleicht irritierte es ihn.

Doch alles, woran er sich erinnerte, war, dass er überhaupt nichts sagte. Es war, als gäbe es in diesem Moment keinerlei Ton. Er stand da und sah zu, wie der Mann mit dem beigen Mantel einen Schritt von der Haltestelleninsel hinunter machte, den Blick nach links gerichtet und geradewegs vor das heranschnellende Tram trat.

Und die Zeit stand still. Es sah fast so aus, als wäre der Mann verschwunden. Spurlos. Als hätte er sich in Luft aufgelöst, wie ein Zauberer. Als wäre er nur eine Einbildung gewesen.

Doch das Blut, das ohrenbetäubenden Quietschen waren keine Einbildung.

Doch der Mann selbst schien verschwunden. Tom hatte Mühe, aus dem Etwas, das geblieben war, noch den Menschen zu erkennen, den er zuvor gesehen hatte. Sein Hirn wollte diese Information nicht zulassen. Es hatte sich einfach ausgeschaltet und es existierte nichts mehr, was vorher war, und nichts mehr, das danach kommen würde. Es gab nur diesen Moment, in dem die Welt stillstand, den Moment, in dem der Mann spurlos verschwand.

Es war ein Polizist, der als Nächstes mit Tom sprach. Er stand vor ihm, zusammen mit einem Sanitäter und der Kioskverkäuferin. Der Polizist schien schon eine ganze Weile dort zu stehen und Tom schien sich schon eine ganze Weile mit ihm zu unterhalten, doch er konnte sich nicht erinnern, worüber sie gesprochen hatten. Die Kioskverkäuferin war ziemlich aufgelöst und sprach wie ein Wasserfall. Sie hatte den Unfall nicht direkt gesehen und schien es nicht recht zu verstehen. Ihr Gesicht war verweint.
Tom stand einfach da, unfähig, sich zu bewegen. Es schien keinen anderen Ort mehr auf der Welt zu geben als diese Insel. Er hatte keine Ahnung, wohin er jetzt gehen sollte. Nicht einmal, ob irgendjemand irgendwo auf ihn wartete. Irgendetwas hielt ihn fest, obwohl etwas in ihm diesen Ort möglichst schnell verlassen wollte. Er blickte immer wieder zu der Stelle, an der der Mann verschwunden war. Auf der Straße war Blut. Irgendwelche Arbeiter

waren gerade dabei, ein weißes Zelt aufzubauen, um den Toten zu verbergen. Ein weißes Zelt. Ein schwarzer Wagen. Wie sinnig.

Wäre ein schwarzes Zelt besser? Dachte er bei sich. Oder angemessener? Oder vielleicht doch zu morbide? War Weiß neutraler? Aber das Zelt weckte ohnehin schon so eine dunkle Ahnung, sodass es wie ein Lügner erschien in seiner weißen Farbe. Was darunter war, ahnte man schon. Aber eigentlich war man sich nicht sicher. Oder doch? Warum durfte man es eigentlich nicht sehen? Aus Pietät gegenüber dem Toten? Oder wurden die Menschen nicht fertig mit dem, was sie sahen? Dabei wusste doch eigentlich jeder, dass er sterben konnte – und eines Tages auch sterben würde. Tom schüttelte den Kopf, um den Kopf freizubekommen.

Was war gerade passiert? Sein Kopf und seine Erinnerung wollten nichts hergeben. Nur die flüchtigen wortlosen Bilder. Der Mann, der verschwand. Wie er sich in Luft aufgelöst hatte. Aber er war doch sicher noch irgendwo. Gleich würde das Tram weiterfahren und er würde auf der anderen Seite des Trams wieder auftauchen. Dort, wo er verschwunden war, sich vor Toms Augen in nichts aufgelöst hatte.

Die Polizei kümmerte sich nun wieder um die anderen Betroffenen. Es hatte viele Zeugen gegeben. Doch Tom war der Einzige, der früher aufgesehen hatte. Weil er etwas gespürt hatte. Irgendetwas das ihm sagte, dass gleich die Welt aufhören würde, sich zu drehen.

Einige Menschen standen rund um den Platz. Man hatte die Insel abgesperrt und sie standen auf der anderen Seite von dem rotweißen Klebeband. Tom durfte hier drin stehen, auf der Innenseite des Klebebands, ebenso wie die Kioskverkäuferin. Sie waren nur vier Menschen, hier auf der Innenseite. Waren die anderen ausgesperrt? Was hinderte die außerhalb eigentlich dran, einfach unter dem Band durchzulaufen? Hatte das Band irgendeine Macht? Und sperrte es die anderen aus oder sperrte es sie auch ein? Sie, die dort gestanden hatten, machte sie dieses Innensein, Innensein vom Band zu etwas Besonderem? Zu Mitverschwörern, Mitwissenden, Betroffenen? Dabei wussten sie auch nicht mehr und zugleich wussten sie alles. Sie hatten gesehen, was die anderen nicht gesehen hatten. Sie hatten gesehen, wie die Welt stehen blieb.

Hier auf der Innenseite war ein junger

Mann, er wirkte gestylt, trug sein dunkles
Haar halblang, steckte in einem Anzug und
war wohl sonst sehr attraktiv, wenn ihm der
Schrecken nicht gerade ins Gesicht
geschrieben gestanden hätte. Dann war da
eine blassgesichtige Frau mit rotgefärbten
und gelockten Haaren, in einem roten
Kostüm, dann die Kioskverkäuferin, klein
und rundlich, mit wilden Locken,
Emigrationshintergrund. Und er selbst,
Tom. Wir vier standen da, in der alles
betäubenden Stille, und starrten an den Ort,
an dem der Mann verschwunden war. Tom
konnte das Ticken seiner Armbanduhr
hören. Das Schlagen seines eigenen Herzens
in seinen Ohren. Doch wie konnte anderswo
die Zeit weitergehen, wenn sie hier doch
stehen geblieben war? Alles erschien
sinnlos.
Und sie standen hier, alle, auf der Innenseite
des Bandes und wussten nicht recht, waren
sie hier eingesperrt? Mussten sie bleiben?
Hatte es eine bleibende Bedeutung? Und
wenn nicht, wie konnte der Tod eines
Menschen denn so wenig bedeuten?
Tom starrte weiter zu Boden. Musste dieser
Tod nicht irgendeinen Sinn haben? Was,
wenn er einen Sinn hatte und dieser Mann,
den er nicht kannte, nicht umsonst
gestorben war?

Tom wusste, dass er diesen Mann vielleicht schon öfters gesehen hatte, und dass er nun tot war, ohne dass er ihm je guten Morgen gesagt hatte, ohne dass die Bekanntschaft, die Freundschaft draus entstehen konnte, die vielleicht einmal hätte entstehen können. Es tat Tom auf einmal furchtbar weh. Ja, er empfand körperliche Schmerzen beim Verlust dieser hypothetischen Freundschaft, die es nie gegeben hatte und niemals geben würde.

Vielleicht hätten sie sich eines Morgens begrüßt, hätten gleich ein gemeinsames Gesprächsthema gefunden, weil sie in einer ähnlichen Branche arbeiteten und feststellten, dass sie auch noch dieselben Bekannten hatten. Und irgendwann in ein paar Jahren wäre Tom mit seiner gerade neuen Freundin eingeladen gewesen, zum Weihnachtsessen, bei dem jetzt noch Fremden und seiner fremden Frau. War er jetzt albern? Er konnte es nicht beurteilen. Alles schien verschoben und verdreht. Vielleicht war es auch nur das Bedürfnis, Anteil zu nehmen. Anteil an einem Tod von einem Mann, der ganz alleine gestorben war. Niemand hier wusste, wer er war, niemand konnte wirklich um ihn trauern, niemand konnte so Anteil nehmen, wie es angemessen war. Und so taten es die Anwesenden stellvertretend, doch aus Angst, irgendetwas falsch zu würdigen, steckten sie zwischen der Trauer und der Distanzierung fest.

Das hier könnte noch Stunden dauern, dachte Tom bei sich. Langsam drehte er sich um. Mit dem ersten Schritt trat er gegen seinen Kaffeebecher auf dem Boden. Er war ihm runtergefallen und der Kaffee floss über den Asphalt. Eigentlich hatte Tom einen ganz anderen Plan gehabt für diesen Morgen. Er hatte sich darauf gefreut, diesen Kaffee zu trinken, der nun auf dem Boden wirkte wie der traurige Rest eines zerbrochenen Tages.

Ohne dass er wusste, wie er da hingekommen war, fand Tom sich im Café wieder, dass er nicht lange zuvor schon einmal betreten hatte. Doch nun war ihm der Raum fremd. Andernorts ging das Leben weiter. Nur seine Zeit schien stehen geblieben zu sein.

Bedeutete all dies, dass dieser Tod vollkommen sinnlos war? Er stand da und starrte auf den Tresen.
Und wenn es einen Sinn hatte?

Er blickte auf und sah nach draußen. Wassertropfen hingen an den großen Schaufenstern. Sonnenlicht glitzerte zwischen den Wolken, die bald den ganzen Himmel beherrschen würden.

Und wenn dieser Tod einen Sinn hatte? Was, wenn hinter dem großen Fleck auf dem Tramgleis etwas steckte? Was, wenn es nicht umsonst war?

Wenn dieser Tod irgendeinen Sinn hatte? Wenn es irgendeinen Menschen gab, für den dieser Tod einen Sinn hatte?

Tom blickte aus dem Fenster des Cafés. Da draußen sah er die Kioskverkäuferin. Gewiss hatte er sie schon öfters gesehen. Oder vielleicht auch nicht, denn die Verkäufer wechselten doch recht häufig. Sie stand da, neben dem Kiosk, unschlüssig, ob sie zurückgehen sollte oder nicht. Denn noch konnte sie ja nichts verkaufen, schließlich war noch alles abgesperrt. Die Tramlinie 7 fiel noch immer aus. Wie lange würde es wohl dauern?

Während Tom wieder in der Schlange stand, schlossen seine Gedanken allmählich zu ihm auf. Er wusste nicht, ob es angemessen war, nach einem Tod einen Kaffee zu kaufen, doch andererseits, eigentlich hatte er mit diesem Ableben nichts zu tun, und wer wusste schon, was genau nach einem Tod angemessen war. Der Verstorbene selbst hätte es vielleicht sagen können, doch meist hatten Tote für solcherlei Fälle kein Konzept hinterlassen und vielleicht wussten sie es selbst nicht.

Vielleicht hätte der Fremde auch gewollt, dass man sein Leben weiterführte, so wie es war, ohne dass sein tragischer Tod es allzu sehr veränderte.

Wieder betrachtete Tom die füllige Verkäuferin. Was würde mit ihr geschehen? Wie beeinflusste sie dieser Unfall? Beeinflusste es sie überhaupt? Sie stand noch immer mit verschränkten Armen da, als ob ihr kalt wäre. Sie wirkte ausländisch. Vielleicht Peru oder Albanien. Wilde dunkle Locken, ein olivfarbener Hautton, große dunkle Augen. Vermutlich hatte sie eine große Familie. Vier Schwestern und drei Brüder und alle wären wilde Rabauken. Vielleicht.

Irgendeiner der Beamten hatte ihren Namen notiert. Tom glaubte sich daran zu erinnern, dass sie Agatha hieß. Agatha und ein langer Name, den er nicht hatte entziffern können. Tom hatte selbst einen sehr einfachen Namen. Er hieß Forster. Tom Forster.

Agatha

Agatha hielt sich selbst fest umklammert.
Ihr war kalt. Ob es am Wetter lag oder an
ihrem schlechten Gefühl, wusste sie nicht.
Es war, als könnte der Wind einfach durch
sie hindurch pfeifen. Als wäre sie einfach
nicht ganz wirklich. Der Tod dieses
Menschen hatte ihr einen schweren Schock
verpasst. Sie kannte ihn nicht und konnte
sich auch nicht erinnern, je mit ihm
gesprochen oder ihm Zigaretten oder eine
Zeitung verkauft zu haben. Überhaupt, es
gab so viele Menschen, die Zeitung lasen
oder Zigaretten rauchten, doch so wenige
kauften welche bei ihr. Woher kam das
ganze Zeug eigentlich? Sie schüttelte leicht
den Kopf. Sie schweifte ab. Da war ein
Mann gestorben und sie schweifte ab.
Dachte irgendetwas Blödes, wenn doch
etwas sehr Schlimmes passiert war. Wie
kam das, dass man in solchen Situationen
immer so abschweifte? Es war ja nicht so,
dass es einen nicht traf. Sie blickte zurück
zu ihrem Kiosk. Bald würde ihr Chef
anrufen und ihr freigeben für heute. Bei
solchen Sachen war er immer sehr
umgänglich und überbesorgt. Nicht, dass sie
irgendetwas Persönliches verband, im
Gegenteil. Ihr

Chef gehörte zu den Männern, für die eine Frau eine suspekte fremde Sache war, eine andere Gattung, von der sie nicht das Geringste verstanden und dies auch offen zugaben. Sie hielten Frauen auf Abstand und
fassten sie, wenn nötig, nur mit Schutzhandschuhen an.
Ähnlich vielleicht einer Stinkmorchel.
Beide
Hände hebend und sagend: DAS IST FRAUENSACHE, da wag ich mich gar nicht erst rein. Als ob das irgendetwas Kompliziertes oder Anstößiges wäre.
Frauensache. Das galt allerdings nicht nur für seine Angestellten, sondern auch für seine Frau und seine Tochter, gleichwohl er ein guter Ehemann und Vater war.
Agatha rührte sich weiterhin nicht von der Stelle. Sie konnte nicht weggehen und auch nicht bleiben. Irgendetwas hielt sie und irgendetwas trieb sie fort.
Es kam ihr so vor, als wäre sie ganz alleine, auf den Traminseln, wie auf einer Insel im Meer. Manchmal kam sie sich fremd vor in dieser Welt an sich. Wenn sie in einer anderen Sprache dachte oder mit ihrer Familie sprach, hatte sie auch eine Art Insel. Ein Stückchen verlorene Heimat.

Wie der Morgen vorübergegangen war, konnte sie später nicht zu sagen. Sie wusste nur, dass sie auf einmal auf dem Heimweg war, ohne dass sie nachvollziehen konnte, wie sie dorthin gekommen war. Sie war diesen Weg schon so oft gegangen, dass er ihr nicht einmal im Gedächtnis haften blieb. Ihr Schock hatte sich allmählich gelegt. Trotzdem berührte es sie noch. Ihr Chef hatte sie wirklich nach Hause geschickt. Doch was sollte sie nun dort? Der Tag war angefangen und ging für die Übrigen alle weiter, nur für Agatha stand er nun still. Und was wollte sie eigentlich in ihrer Wohnung? Sie wohnte in der Nähe der Langstraße, ein Gebiet, das inzwischen zwar aufgebessert, doch immer noch eine nicht ganz feine Gegend war. Hier waren die Wohnungen billiger und man war schnell überall, wo man sein wollte in der Stadt.

Man brauchte nicht einmal ein Auto. Doch an Tagen wie diesen Tagen, die sich immer mehr mit dem Grau der aufziehenden Wolken erfüllten, wirkte ihre kleine Wohnung grau, trostlos und kalt. Sie wussten nicht einmal, was sie dort wollte. Niemand wartete dort auf sie. Ihre Familie wohnte nicht mehr hier. Ihre Eltern waren geschieden. Ihre Mutter und ihr Vater neu verheiratet, ihre Geschwister, die meisten noch kleiner, lebten fast alle bei ihrer Mutter und ihrem neuen Mann und den neuen Kindern. Das war modern für das Land, aus dem Agatha kam, doch es war besser, als etwas auszuhalten, das nicht mehr funktionierte. Doch irgendwie war sie die Einzige, die irgendwo stehen geblieben war. Ihre Familie war laut und gesprächig und niemand lange zum Weinen aufgelegt. Zuweilen war diese Traurigkeit sogar so kurz, dass es ihr vorkam, als wären sie niemals traurig.

Sie war bei ihrer Wohnung im zweiten Stock angekommen und trat durch die Tür. Es war dunkel und Regenwolken zogen vor der kleinen Balkontür vorbei. Agatha hatte nicht einmal eine Katze. Sie war so viel bei der Arbeit, dass es unverantwortlich gewesen wäre, eine Hauskatze zu haben, und rauslassen konnte man sie hier mitten in Zürich einfach nicht.

Es war nicht so, dass sie unter einem riesigen Schock litt. Sie hatte den Unfall nicht einmal direkt gesehen. Es war schrecklich, dass dieser Mann gestorben war. Sie dachte an die Familie, die er womöglich zurückließ. Man war so schnell dazu bereit, einem Menschen, den man nicht kannte, eine ganze Hintergrundgeschichte anzudichten. Plötzlich hatte er Frau und Kind und war vielleicht unglaublich nett oder auffallend scheußlich.

Sie schaltete den Fernseher ein. Doch im Fernseher war nur das, was hier draußen auch war. Der Tod eines Mannes, der Peter Maurer geheißen hatte. Nachdem sie drei Mal umgeschaltet und doch die gleiche nichtssagende Zusammenfassung gehört hatte, schaltete sie den Apparat wieder aus. Doch nun war es ganz still in ihrer Wohnung. Nicht einmal eine Uhr tickte. Agatha hatte einen digitalen Wecker.

Ihre Gedanken wanderten zurück zu ihrem Kiosk am Paradeplatz. Ob man am nächsten Tag noch etwas davon sehen würde? Von dem Unfall? Würde irgendein verdächtiger Fleck auf der Straße sein, oder würde nichts daran erinnern? Agatha verband auch jetzt kein großes Grauen mit ihrem Arbeitsplatz. Doch, es wäre so herrlich heilsam, wenn man durch nichts daran erinnert werden würde. Wenn alles so wäre, wie zuvor. Als wäre nichts gewesen. Zeitungen wurden alt, Nachrichten gab es bald neue. Schon morgen würden die Menschen wieder über den Übergang der Tramlinie laufen, lachen, reden, rufen, weinen und niemand würde daran denken, dass hier einmal ein Mensch gestorben war. Manche würden es vielleicht sogar nie wissen.

Agatha hatte keine Angst. Keine Panik oder auffallenden Ekel, doch auf einmal war ihr so, als wollte sie einfach nie wieder dorthin zurückkehren. Nie war es ihr so klar gewesen wie in diesem Moment in der Stille ihres grauen Appartements.

Ein plötzliches Klopfen an der Tür der Wohnung ließ sie zusammenfahren. Sie starrte die Tür an. Das war bestimmt Zeinab. Ihre Schwester. Sie wohnte gleich gegenüber, in der Wohnung auf der anderen Seite des Flurs.

Agatha ging durch den Raum zur Tür. Sie drückte die Türklinke hinunter. Natürlich war es Zeinab. Sie hatte bereits alles über den Unfall gehört, doch sie war natürlich gespannt auf Einzelheiten. Agatha selbst wäre es nicht anders gegangen. Wäre der Unfall woanders passiert, hätte es jemand anders beobachtet, natürlich wäre sie sofort hingelaufen und hätte nach Einzelheiten gefragt. Es war eine Attraktion, eine gruselige Kuriosität in ihrem sonst so langweiligen Leben. Langweilig. Es war

langweilig und doch hätte sie nie
verstanden, was so ein Unfall wirklich
bedeutete. Was es bedeutete, wenn ein
Mensch einfach so vor den eigenen Augen
starb. Ein Mensch war nicht nur Worte oder
nur Zahlen wie in einer Zeitung oder in
einer Nachricht. Er war viel mehr als nur
das.

„Zeinab?" Ihre kleine Schwester blickte mit
ihren großen, dunklen Augen zu ihr auf.
„Was?" „Komm, lass gehen." „Willst du
verreisen?" Ihre kleine Schwester blickte ihr
mit großen Augen hinterher und drehte
ihren
langen Zopf in der Hand. „Nein. Ich möchte
fort."

Es war ein grauer Montag, als Agatha die
graue Wohnung für immer verließ.

Agatha ging einen langen, heißen Strand
entlang. Ihre Spuren verloren sich im Sand,
wenn die Wellen sie verwischten. Die
Sonne stand über dem Meer. Und sie blickte
hoch, in kurzen Hosen und T-Shirt. In
Zürich wäre es bereits zu kalt für diese
Bekleidung, doch hier war es noch immer
warm und würde nie kalt werden. Der
Himmel und das Meer waren so herrlich
blau, die Sonne so orange und der Sand so
golden. So viele Farben. Die Palmen so

grün. Zeinab stand weiter vorne bei einem Strandhaus und wartete auf sie. Es war gut, dass ihre Verwandte noch immer hier wohnte. So war es ganz leicht gewesen, hierherzukommen.

Agatha ging weiter und spürte den warmen Sand zwischen ihren Zehen. Sie spürte das Leben, wenn die salzige Brise durch ihr Haar wehte und nichts mehr übrig blieb von dem Grau-in-Grau-Ton. Sie fühlte, wie viel dunkler ihre Haut geworden war von der Sonne. Und sie fühlte, wie der Wind den Staub von ihrem Körper und von ihrem Geist davontrug.

Hätte Agatha das Land ebenfalls verlassen, wenn Peter Maurer nicht gestorben wäre? Hätte sie bemerkt, dass sie an diesem Ort nicht glücklich war? Nun vielleicht. Aber vielleicht hätte sie ihr Leben weiter wie ein Schlafwandler gelebt, hinter einem Zeitungsstand zwischen grauweißem Papier und Kaugummi.

Hatte Peter Maurers Tod nun etwas mit ihrem Leben zu tun, obwohl sie ihn überhaupt nicht kannte?

George

Tom hatte an dem Tresen gelehnt und
gedankenverloren aus dem Fenster gestarrt.
Nun war er fast erstaunt, als die Verkäuferin
ihm den Kaffee reichte. Er fühlte sich, als
wären viele Stunden vergangen. Dass der
Kaffee noch heiß war, erschien ihm
unglaubwürdig. Auch dass noch immer
dieselben Menschen um ihn herumstanden
oder saßen, redeten oder lachten. Wie
immer, wenn er in seine Gedanken
versunken war, erschien es ihm unmöglich,
dass in so kurzer Zeit so viele Gedanken-
Bauten entstehen und spurlos verschwinden
konnten. Ein Schloss aus Sand, das im
nächsten Moment von Wind verweht wurde.
Neben ihm stand gerade ein schwarzer
Mann. Sein Deutsch war noch gebrochen
und er konnte noch kaum etwas sagen, doch
verstand er bereits. Er trug eine blaue
Schirmmütze, ein weißes ausgebeultes T-
Shirt, knallgelbe Hosen und eine rote
Stoffjacke. Er war einer jener Menschen,
die sehr dankbar waren. Das Leben hatte
ihm nicht viel geschenkt. Er bedankte sich
gerade sehr überschwänglich bei der
Verkäuferin, die ihm noch etwas sagte,
woraufhin er sich näher zu ihr beugte, weil
er sie nicht verstanden hatte. Ein kleiner

Disput entstand, währenddessen Tom einfach nur dastand und sie, in Gedanken versunken, anstarrte.

Ob es diesen Mann vielleicht auch irgendwie tangierte, dass dieser Fremde dort draußen gestorben war?

Nein. Das konnte eigentlich nicht sein. Oder doch?

Was, wenn dieser schwarze freundliche Mann irgendeinen Zusammenhang hatte mit dem Mann, der da draußen verschwunden war?

Noch während Tom ihn so betrachtete, verschwamm sein Blick für die Realität und eine neue erschuf sich daraus. Georg, so hieß dieser Mann am Tresen, war vor zwei Jahren aus einem kleinen Dorf nahe Kenia hergezogen. In seiner Heimat gab es kaum gute Arbeit und da er dennoch studiert hatte, hatte er gehofft, in der Schweiz Arbeit zu bekommen. Das war nun zwei Jahre her und niemand hatte ihm auch nur eine Chance auf eine Arbeitsstelle gegeben, geschweige denn eine, die seiner Ausbildung angemessen gewesen wäre. George dachte gerade an Tagen wie diesem häufig an sein Zuhause. Vielleicht hatte in seiner Heimat eine große Armut geherrscht, die schon über das, was man ertragbar nennen konnte, hinaus war, doch wenn er an dort dachte, sah er lachende Gesichter vor sich. Strahlende Menschen, fröhliche Stimmen und eine flirrende Sonne. In der Schweiz hatte er kaum lachende Menschen kennengelernt. Alles zog den Kopf ein und rannte an ihm vorbei. Wie konnte man nur den ganzen Tag so geschäftig sein? Auch auf den Termin, den er heute antreten würde, hatte er lange gewartet. Er hatte fast fünfzehnmal während zehn Minuten auf seine Uhr gesehen, nur damit er den Termin nicht verpasste. Doch dann, im Wartezimmer angekommen, würde er warten müssen. Zwei Mal würde der Arbeitgeber ihn um eine halbe Stunde vertrösten. Vielleicht würde er ihn gar nicht erst empfangen, doch George würde einfach nicht weggehen können. Die Hoffnung darauf, dass es dieses Mal anders sein würde – war einfach zu groß.

Zur gleichen Zeit in einem Firmengebäude, in dem sich George vorstellen würde, gar nicht weit weg, saß ein Mann an einem sehr großen Schreibtisch. Hinter ihm stand ein Regal mit Ordnern. Der Mann war um die 60 Jahre alt und leitete diese Firma. Er hielt ein Telefon an sein Ohr und hatte sich während der letzten Minuten überhaupt nicht mehr bewegt. „Haa", sagte er nur ins

Telefon, als hätte man ihm einen erstaunlichen Beweis erbracht. „Haa", sagte er erneut. Ihm fiel nichts Sinnigeres ein. Er war ohnehin kein sehr wortgewandter Mensch, denn er arbeitete hauptsächlich mit Zahlen. Schließlich legte man bei ihnen Geld an.

Dann legte er den Hörer auf. Ihm war die Verabschiedung etwas zu schnell gegangen. So schnell, dass er kaum mehr als ein drittes Haa herausbrachte. Noch immer durchdrang ihn die Nachricht so langsam wie flüssiger Asphalt.

Er starrte vor sich auf den Tisch. Die Tischoberfläche kam ihm auf einmal merkwürdig weit entfernt vor. Schritt für Schritt musste er durch seine Gedanken gehen, um das Gehörte zu verarbeiten. Gerade hatte er erfahren, dass Peter Maurer, ein Mann, mit dem er bereits seit fünfzehn Jahren zusammengearbeitet hatte, niemals wieder zur Arbeit kommen würde. Gerade hatte er sich noch geärgert, dass der Kollege sich so verspätete und ihn damit aufhielt, während er noch diesen nervigen Arbeitslosen am Hals hatte.

Doch nun schien das alles keine Bedeutung mehr zu haben.

Sicher, er hatte Peter kaum gekannt. Im

Grunde arbeiteten sie nur im gleichen Gebäude. Das war auch schon alles. Peter war vielleicht hin und wieder in diesem Büro gestanden und hatte sich mit kühler, ernster Miene einen Ordner aus dem Regal geholt, während er, Manfred, einen Witz machte, über den Peter eigentlich nie gelacht hatte.

Und nun würde er nie wieder hierherkommen. Manfred war versucht aufzustehen und in das Büro ganz am Ende des Ganges zu gehen, um nachzusehen, ob es nicht vielleicht doch ein Versehen war. Dass Peter längst dort war und genervt aufsah, weil man ihn mitten in einem Gespräch störte.

Doch irgendwie war das einfach zu anstrengend. Peter war tot, ein Mann, der ein paar Jahre jünger war als Manfred und um einiges gesünder gelebt hatte als er. Manfred hatte schon mehr als einmal von seiner Frau zu hören bekommen, er müsse endlich etwas gegen seinen Bauch tun. Männer mit Übergewicht würden häufiger an einem Herzinfarkt sterben. Wenn Peter trotz seiner Vitalität und seinem Alter schon starb, hieß das, dass er selbst, Manfred, schon fast überfällig war. Konfrontiert zu werden mit seiner eigenen Sterblichkeit, versetzte ihn in

eine eigentümlich weinerliche Stimmung.
In diesem Moment klopfte es an der Tür,
mit feuchten Augen blickte er in ihre
Richtung. Er war so nahe daran, in einer
vollkommen unpassenden Situation
aufgestöbert zu werden, dass er nur ein
heiseres „Hoo" herausbrachte.
Worauf die Tür eher etwas zögerlich
aufging.
George trat ein. Er hatte Manfred nicht
verstanden und war nun unsicher, ob er
wirklich eintreten sollte. Eigentlich waren
es sogar schon wieder zehn Minuten nach
dem angesagten Termin.
Nun saß vor ihm ein älterer Mann, der mit
seiner ganzen Körperfülle in seinem Stuhl
hing und einen leicht verwirrten Eindruck
machte. George, der bereits mit sichtbarer
Ablehnung gekämpft hatte, war nicht sicher,
was er davon zu halten hatte. Etwas
unkoordiniert breitete er seine
Bewerbungsunterlagen auf dem Tisch aus,
mit fahrigen Bewegungen, denn die
seltsame Stille machte ihn nervös. Dann
setzte er sich auf den ihm zugewiesenen
Stuhl – obwohl er lieber gestanden wäre.
Auf einem Stuhl bei einem
Bewerbungsgespräch fühlte man sich
irgendwie wie in der Falle. Er wagte einen
Blick zu seinem Gesprächspartner. Dabei

bemerkte Georg eine Träne in den wässrigen Augen seines Gegenübers.

George fing mit seiner Erzählung in gebrochenem Deutsch an, entschuldigte sich zuerst, dass er fast nur Französisch und ein wenig Englisch sprach, und fuhr nach einer kurzen Pause fort, in der er wohl eine Art Antwort von Manfred erwartet hatte, der jedoch sagte nichts.

Manfred betrachtete George währenddessen, noch ganz und gar in seinem aufgewühlten Zustand. Der Gedanke, dass dieser Mann vor ihm, der so verschüchtert oder ziellos war, vollkommen verloren in der Welt sein könnte und kein festes Zuhause hatte, machte ihn sentimental. Und er, Manfred, würde eines Tages sterben.

Ohne dass er ein Wort nach dem ersten Satz, der eigentlich nur die Information enthalten hatte, dass Georg aus einem kleinen Dorf in der Nähe von Kenia stammte, auch nur zur Kenntnis nahm, starrte er ihn an. So kam es, dass sich der sentimental angeschlagene Manfred an sein erweichtes Herz fasste und kurzerhand und mit hörbarem Schniefen beschloss, dass man so einem Mann eine Chance geben sollte. In so einer traurig tristen Welt, als könnte er sich damit irgendwie selbst helfen. Er wischte sich die Augen und sprach mit tiefer Stimme von Welten und Ungerechtigkeiten – wovon George kaum etwas verstand, und hätte er es verstanden, hätte er sich wohl gedacht, dass sein neuer Chef wohl nicht mehr alle Tassen im Schrank hätte. Doch so hatte George nur den Eindruck, dass er vielleicht etwas sehr Wichtiges verpasst hatte, sodass er Manfred mit sehr großen Augen ansah, die sehr angestrengt zu verstehen versuchten. Doch Philosophie war nun mal ziemlich schwierig zu verstehen, schon in der eigenen Sprache und gänzlich unverständlich in einer Sprache, die man eigentlich gar nicht sprach.

Der Tod von Peter Maurer hatte also in diesem Fall dazu geführt, dass George endlich eine Chance zuteilwurde. Und dass er nur wenig später seine Familie zu Hause anrief, von einer der allerletzten Telefonzellen, um ihnen zu berichten, dass er ihnen nun bald Geld schicken konnte. Die Verbindung war schrecklich, doch das war ihm egal, er tanzte und machte Luftsprünge und manch einer, der an ihm vorbeiging, fragte sich wohl, ob der Mann verrückt geworden sei. Überhaupt scheinen Gefühlsausbrüche öfters mal mit Wahnsinn

in Verbindung gebracht zu werden. Es
mochte wahnsinnig sein, glücklich zu sein.

Tom blinzelte und sah aus seinen Gedanken
auf. Gerade war der schwarze Mann aus der
Tür verschwunden und Tom wurde bewusst,
dass er Georgs Namen nur vom
Kaffeebecher abgelesen hatte.
Er schüttelte den Kopf und fuhr sich durchs
Haar, um einen klareren Kopf zu
bekommen. Was für dumme Gedanken er
sich nun wieder machte.

Peter Maurer war vielleicht kein besonderer
Mensch. Weder außergewöhnlich, noch
bekannt, noch unterschied ihn viel von den
anderen Menschen. Doch war er ein
Mensch, ein Vater, ein Ehemann, ein
Freund, ein Bekannter und ein
Arbeitskollege. Es war nicht so, dass sein
Tod sich wie ein Lauffeuer verbreitete. Dass
Hunderte von Menschen zusammenzuckten
oder sich in vielen Wohnungen ein
Wehklagen ausbreitete. Doch ging sein
Name von einem bestimmten Haus zum
nächsten. Die Menschen, die ihn gekannt
hatten, sie horchten dennoch auf und es
waren mehr, als man im ersten Moment
dachte. Im Laufe eines Lebens lernt man
viele Menschen kennen. Menschen, die der

Tod dieses einen gewöhnlichen Mannes
berührte.

Wir vier

Toms Blick streifte die Menschen, die noch
immer am Unfallort standen. Verbunden
durch das rot-weiße Absperrband – doch
verband sie irgendetwas mehr? In näherer
Zukunft würde Tom Debby kennenlernen.
Die rothaarige Frau, die auf der Traminsel
ihm vis-à-vis gestanden hatte. Sie hatte
einen roten Rockanzug getragen. Überhaupt
war meist alles an ihr rot. Er würde sie an
einem späteren Tag zufällig in einem
Buchladen wiedertreffen. Im ersten Moment
würde Tom nur darüber nachdenken, woher
er diese Frau kannte. Es würde ihm zuerst
nicht einfallen, doch dann im selben
Moment, wie er das Erkennen in ihren
Augen sah, würde er wissen, dass es genau
diese Frau gewesen war, die blass und
verstört auf der Traminsel gestanden hatte,
auf die Schienen des Trams starrend. Und
wie sie es beide gleichzeitig begriffen,
sahen sie auch gleichzeitig weg. Es war ein
sehr merkwürdiges Gefühl und außerdem
äußerst unangenehm, sich an den Unfall zu
erinnern, der ihnen doch allen recht in den
Knochen saß.
Sie in dieser normalen Umgebung zu sehen,
würde seltsam sein.

Ihr Gesicht war nicht mehr so weiß, sondern von der Wärme im Laden leicht gerötet. Wieder trug sie einen roten Rockanzug und ihre roten Locken fielen über ihre Schultern. Hätten sie sich nur in einem Töpferkurs kennengelernt oder so ähnlich, so hätten sie sich jetzt beide fast peinlich berührt umgedreht und woanders hingesehen. Man kannte sich, wusste aber nicht, ob der andere es vielleicht einfach nur doof fand, wenn man ihn ansprach. Keine Ahnung, ob man weiter mit den Kursmitgliedern zu tun haben wollte. Heutzutage waren die Menschen lieber Separatisten.

Doch sie hatten sich nicht einfach in einem Töpferkurs kennengelernt. Sie hatten sich kennengelernt, als ein Mann gestorben war. Und diese Tatsache hatte sie beide irgendwie verändert und sie irgendwie miteinander verbunden. Auch wenn Tom sich nicht vorstellen konnte, womit.

Obwohl Tom sein Interesse rasch dem Bücherregal zugewendet hatte, hörte er bald darauf Schritte hinter sich. Als er spürte, dass jemand nahe bei ihm stand, drehte er sich um. Debby sah ihn an, mit ein wenig zusammengekniffenen Augen, fast so, als würde sie ihm misstrauen. Erst einen Moment später begriff Tom, dass sie sich nicht ganz sicher war, ob er es nun auch wirklich war.

Debby begann zaghaft zu sprechen. Es war ein zerbrechlicher Augenblick. Ein Moment, der über eine Richtung entschied. Entweder konnte er in dieses Gespräch einsteigen oder er konnte sich umdrehen und gehen. Mit nur einem Wort veränderte er den Weg, der im Dunklen vor ihm lag. Eine Richtung führte ihn ein paar Schritte mit Debby, eine andere blieb dunkel und ungewiss.

Und er entschied sich, mit ihr zu gehen.

Von Debby erfuhr Tom, dass der junge, attraktive wirkende Mann, der mit beim Unfall dabei gewesen war, Andy hieß. Für einen Moment sah Tom das erschrockene Gesicht des Mannes vor sich, der auf der anderen Seite der Traminsel gestanden hatte. Seine leicht geweiteten Augen und das vollkommen blutleere Gesicht. Unvermittelt musste Tom darüber nachdenken, was dieser Unfall wohl in Debby und Andy ausgelöst hatte. Hatte es sie an etwas erinnert oder hatte es sie vollkommen neu und unvermittelt getroffen?

Debby und Andy hatten sich schon nach dem Unfall unterhalten, als Tom weggegangen war. Sie hatte seine Nummer und sie hatten sich wohl auch schon einmal getroffen und unterhalten.

Nach dem kurzen Gespräch verabschiedete sich Debby mit einem blassen Lächeln und ging davon. Tom blieb vor dem Gestell zurück und sah ihr nach. Dann wandte auch er sich wieder ab.

Wenig später begegneten sie sich wieder. Es war eine Befragung auf der Polizei, der ihnen dieses Treffen bescherte. Leider war die Polizei an diesem Tag überlastet, sodass Andy, Debby und Tom eine ganze Weile im Wartezimmer verbringen mussten. Tom sah zu, wie sich Debby und Andy leise unterhielten. Sie schienen vertraut miteinander. Tom konnte nicht anders, als sie um ihr Verhältnis zu beneiden. Sie hatten jemanden zum Reden gefunden. Auch wenn er, Tom, gar niemanden gewollt hatte, um zu reden. Jetzt war er trotzdem auf eine kindische Art und Weise ein wenig eifersüchtig.

Nachdem das Gespräch mit dem Polizisten vorbei war, ging Tom schnellen Schrittes aus dem Polizeiposten. Debby und Andy waren schon vor ihm dran gewesen und er

eilte, ohne sich umzusehen, als ihn ein Ruf
innehalten ließ.

Als er sich nach dem Rufenden umblickte,
entdeckte er den Urheber.

Es war Andy, der an einem Tisch in einem
Straßencafé saß und ihm winkte. Debby saß
ihm gegenüber. Auch sie sah zu Tom hin.
Sie schienen schon auf ihn gewartet zu
haben. Tom war sich nicht sicher, ob ihm
das recht war. Aber es war eben kein
Töpferkurs. Es war mehr.

„Na, sie haben dich ganz schön lange
dabehalten", begrüßte Andy ihn verhalten,
als er bei ihnen angekommen war. Tom
ging zu ihnen hinüber und ein peinliches
Schweigen breitete sich aus, als niemand
wusste, was er sagen sollte.

Schließlich sagte Debby: „Setzt du dich zu
uns?"

Obwohl dieses Treffen in einem
freundlichen Straßencafé stattfand, hing der
Tod von Peter Maurer doch wie ein dunkler
Schatten über ihnen. Keiner von ihnen
wusste, ob sie wirklich darüber reden
wollten oder nicht. Der Anblick des jeweils
anderen erinnerte sie in unangenehmer
Weise an das, was geschehen war, und nur
sehr stockend begannen sie zu sprechen. Es
war ein holpriges Gespräch, denn sie alle

hatten das Gefühl, sie müssten das in Worte fassen, was sie nicht in Worte fassen konnten.

Schließlich sprachen sie über Nichtigkeiten. Über Alltägliches.

Wenn Tom später an dieses Treffen zurückdenken würde, so würde er wohl überrascht sein, wo sie schließlich gelandet waren.

Es dauerte eine Weile, doch dann gab es fröhliche Abschnitte in ihren Gesprächen. Aus Zeugen wurden Freunde, auch wenn Peter Maurer in seiner unsichtbaren Form noch lange zwischen ihnen stand und ihre Gespräche immer wieder jäh ernst wurden und das unangenehme Gefühl zurückkehrte. Doch mit der Zeit würde es weniger werden.

Und einer von vier Zufallsbekanntschaften, Peter Maurer, würde langsam verschwinden und drei Freunde zurücklassen, die zusammen lachten und in Bars hockten, alle möglichen Probleme diskutierten, und irgendwann würden sie, wenn sie sich gegenübersaßen, vergessen, dass sie sich eines Montagmorgens bei einem Tramunglück kennengelernt hatten.

Ebenso wie die Menschen, die über die Tramgleise des Paradeplatzes liefen, durch das Vergessen, dass hier einmal ein Mensch gestorben war.

Vielleicht war der Sinn von Peter Maurers Tod, Menschen zusammenzuführen.
Allein, dass ein Unglück Glück erzeugen konnte, erschien Tom in diesem Moment, in dem er darüber nachdachte, unglaublich.
Doch es wäre schön, nicht?
Ja, dies alles war geschehen, weil Peter Maurer gestorben war. Doch wie konnte etwas so Trauriges etwas Glückliches erzeugen? War der Kreislauf des Lebens wirklich so grausam, oder gar so freundlich? Oder hatten die Geschehnisse überhaupt nichts miteinander zu tun? Oder war es die Hoffnung des Lebens, dass es immer wieder gut würde, dass nichts ewig schrecklich bleiben konnte?

John

Tom setzte sich nahe den Fenstern auf einen Stuhl des Cafés. Noch fühlte er sich zu aufgelöst, um sein normales Leben wieder aufzunehmen. Der Tagtraum, den er gerade eben geträumt hatte, hatte nur wenige Sekunden gedauert, doch es kam ihm viel länger vor. Als wären Stunden vergangen. Er sah den Polizisten zu, wie sie mit Passanten und Autofahrern und bestimmt ganz vielen anderen Menschen, die sich aus irgendeinem Grund hier eingefunden hatten, sprachen.

Immer noch war alles abgesperrt und es herrschte ein ziemliches Durcheinander. Tom dachte an die Menschen, die sich über so etwas aufregen. Dass sie zu spät kamen oder gar im Stau standen. War es nicht absurd? Ein Mensch würde niemals wieder zu spät kommen oder gar überhaupt irgendwo hinkommen. Er würde sicherlich freiwillig im Stau stehen, wenn er dafür immer noch am Leben wäre.

Tom beobachtete einen Polizisten, der erst den Bahnübergang überquerte und dann sein Telefon aus der Hose zog. Im ersten Moment fand es Tom etwas unverschämt, dass ein Polizist bei der Arbeit telefonierte, doch dann überlegte er es sich anders. Ganz bestimmt hatte der Tod dieses Mannes auch den Polizisten berührt. Sicher, als Polizist sah man so etwas zweifellos häufiger, doch Tom war sich sicher, dass man sich nie daran gewöhnte. Man glaubte so etwas als Außenstehender nur gerne.

Der Polizist hieß John. Tom erinnerte sich daran, denn der Polizist hatte mit ihm gesprochen und ihm seinen Namen genannt. John Weber.

John hatte sich diesen Tag anders vorgestellt.

Er war schon eine ganze Weile bei der Polizei. Er hatte gleich nach der Schule mit der nötigen Ausbildung begonnen. Er mochte den Job. Dennoch hätte er sich den Tag anders vorgestellt. Wenn er an den Morgen zurückdachte, sah er wieder Emily vor sich. Wie sie an die offene Tür gekommen war. Er war viel zu spät dran, hatte sich das Butterbrot an einer Ecke in den Mund gesteckt und trug den Thermobecher Kaffee in der einen und die Morgenzeitung in der anderen Hand. Emily und er wohnten etwas außerhalb. Emily stand im Morgenrock in der Tür. Sie war sehr blass und ihr Haar wallte sich zerzaust um ihren Kopf. Sie war krank an diesem Morgen und John hatte sich Sorgen gemacht. Jeremy, ihr gemeinsamer Sohn, war im Kindergarten. John wollte ihn am Mittag abholen, doch ausgerechnet heute hatte es auf einer Tramlinie einen Personenunfall gegeben. Wenn es einen so schlimmen Unfall gab, dann brauchte sein Chef alle seine Leute. John hatte einen sehr kulanten Chef, der ihm manchmal die Freiheit einräumte, dass er kurz nach Hause fahren konnte, wenn es nötig war, auch wenn alles drunter und drüber ging. Schließlich war der Kindergarten gleich um die Ecke. Doch heute Morgen hatte John ein schlechtes Gewissen. Es waren schließlich nur Peanuts. Nur eine leichte Grippe. Wenn so ein Unfall geschah, ließ er seinen Chef ungern im Stich, dann wollte er nicht wieder kommen mit dem: Ich muss mich um meinen Sohn kümmern. Doch John sollte an diesem Morgen recht behalten. Er stellte sich plötzlich die Frage, woran er sich erinnern wollte in seinem Leben, wenn er heute gestorben wäre. Denn als er an der Unfallstelle ankam, da hatte er so ein Gefühl. Er sah den Toten und er erinnerte sich daran, dass er reich war mit dem, was er hatte. Eine Familie. Eine Frau. Einen Sohn. Und er wollte sie sich nicht nehmen lassen.

Es war nur so ein Gefühl. Doch hätte sich

John, in diesem Moment angesichts des Toten auf der Straße, nicht anders entschieden, so wäre dieser Tag ganz anders geworden. Denn er rief Emily an, um ihr zu sagen, dass er Jeremy abholen würde. Er wusste nicht, warum er es tat. Vielleicht war es auch eine Ahnung. Er telefonierte mit seinem Chef und sagte ihm, dass seine Frau krank sei und dass er kurz gehen müsste, um seinen Sohn abzuholen. Es war eine kleine Sache, völlig harmlos. Schließlich nur 35 Minuten. Trotzdem erwartete er, dass sein Chef wütend sein würde. Doch nichts dergleichen geschah. John fuhr einfach los. Und nichts blieb von dem Moment zurück. Vielleicht war alles nur ein Zufall. Vielleicht wäre es immer so gekommen, ohne dass sich irgendjemand je andere Gedanken dazu machte. Doch in einer anderen Version seines Lebens, die ebenso hätte sein können, stieg Emily ins Auto, obwohl sie sich sehr schlecht fühlte. Sie dachte an John. Sie ließ das Auto an und fuhr aus der Ausfahrt. Sie griff sich an den Kopf, weil ihre Sicht verschwamm, und sie fuhr in ein entgegenkommendes Auto. Ein lautes Hupen. Ein Knallen. Ein Leben, das verschwand.

Doch es geschah nicht.

Emily blieb zu Hause.
John wurde an diesem Morgen nicht von
einem Doktor aus dem Spital angerufen. Er
würde seine Frau nicht im
Leichenschauhaus identifizieren. Sein
Leben würde nicht zerstört sein. Nein, von
all dem merkte John nichts. Er fuhr los und
Emily räumte die Spülmaschine aus. Und
Peter Maurers Tod war für andere nur das
eine: nur ein wunderbarer, ganz
gewöhnlicher Tag.

Lina

Tom schüttelte den Kopf. Ab den Wegen,
die seine Gedanken gingen, hatte er die Zeit
vollkommen vergessen. Sein Kaffee war
inzwischen lauwarm und er entschied sich
hinauszugehen. Einfach etwas anderes
sehen als diese merkwürdige Szenerie, in
deren Mittelpunkt noch immer dieses Zelt
war. Er hatte das starke Bedürfnis, sie hinter
sich zu lassen und so weit weg zu gehen wie
möglich. So schnell wie möglich. Er ging
aus dem Café und stieg in das erstbeste
Tram, das fuhr.

Das Tram fuhr los und Tom betrachtete sein
eigenes Spiegelbild in der Scheibe.
Er fühlte sich den übrigen Menschen so
fern. Dabei betraf ihn dieser Unfall nicht
einmal. Er hatte diesen Mann nicht gekannt.
Er hatte ihn auch noch nie bewusst
wahrgenommen. Wenn er sich nun zu
erinnern versuchte, verschwamm seine
Gestalt mit tausend anderen, bis er nicht
einmal mehr wusste, welche die
ursprüngliche war. Er hatte Peter Maurer
nur wenige Sekunden gesehen, so kurz, dass
er sich kaum daran erinnerte. Doch hatte
diese kurze Frequenz alles andere

ausgelöscht. Es gab kein Gestern und kein Morgen, es gab nicht einmal mehr ein Jetzt. Wo war er heute Morgen aufgestanden? Wo hatte er hingewollt? Tom rieb sich über die Stirn. Dass er Tom hieß, das wusste er noch. Dass er Kaffee getrunken und eine Aktentasche dabeihatte. Aber wozu eigentlich? Der kurze Moment hatte alles bedeutungslos gemacht. Übrig geblieben waren von seinem alten Leben nur sein Name und eine Tasse Kaffee und ein völlig sinnloses Leben. Und all die Menschen um ihn herum, die er nicht erreichen konnte.

Tom hatte nicht groß darauf geachtet, in welches Tram er gestiegen war, doch die Umgebung kannte er, die er nun durchfuhr. Es war der Stadelhofen-Bahnhof. Der Bahnhof zog wie das Bild eines Künstlers an
Tom vorbei. Die Brücke blieb in seinem Kopf haften. Das Gefühl jeglicher Sinnlosigkeit haftete an ihm. Wozu strebte man im Leben eigentlich nach irgendetwas? Nach Reichtum oder Ansehen? Oder gar nach den nobleren Dingen, nach Liebe, nach Können und Wissen? Am Ende wurde einem doch alles wieder genommen. Man verlor Können, Jugend, Liebe. Alles wurde

einem genommen. Geld und Wissen konnte man nicht in den Tod mitnehmen. Und der Tod war nur ein schwarzes Loch. Wozu sich eigentlich die ganze Mühe machen? Tom starrte seinem Spiegelbild in die Augen. Dieses Gefühl nannte man Allerweltsschmerz. Seltsam, dass die Angst vor dem Tod und die Sinnlosigkeit einen dazu trieb, sterben zu wollen. Man wollte dem Tod entkommen – indem man starb. Irrsinnig, eigentlich. Doch wenn man diesen Schmerz empfand, dann war es logisch.

Seine Gedanken wanderten zu den Menschen, die sich das Leben nahmen. Bahnhöfe, wie der Stadelhofen, schienen ein beliebtes Ziel zu sein. Doch wie konnten sich eigentlich die einen Menschen das Leben nehmen, während andere Menschen völlig unfreiwillig starben? Wie der Mann, der eben gestorben war. Er hatte bestimmt nicht sterben wollen. Vielleicht war er sogar wütend, weil sein Leben so ein jähes Ende gefunden hatte. Die Gegenüberstellung war geradezu bizarr.
Toms Blick blieb an einem jungen Mann haften. Er stand mitten auf dem Bahnhof und hielt eine Frau in den Armen, sie hatte das Gesicht an seiner Brust vergraben. Sie war von Kopf bis Fuß schwarz gekleidet, ihr

langes Haar reichte ihr bis fast zur Hüfte. Es sah fast so aus, als würde sie weinen. Doch von Toms Platz im Tram aus, war das schwer zu beurteilen.

Der Mann hatte seine Tasche abgestellt, fast sah es aus, als hätte er sie fallen lassen. Er trug Arbeitskleidung, einen Anzug. Doch es war schon fast 10.00 Uhr. Er müsste vermutlich längst bei der Arbeit sein. Die Szenerie erschien Tom irgendwie seltsam. Auffällig irgendwie. So, als würde er eine Ahnung haben, dass hier etwas nicht ganz Normales vor sich ging. Polizisten gingen über den Platz und sprachen das Paar an. Vermutlich fragten sie, ob alles in Ordnung war, weil sie auffällig aussahen. Weiter vorne stand ein Krankenwagen. Vermutlich ohne Zusammenhang. Doch was, wenn es anders war? Was, wenn die junge Frau tatsächlich weinte? Wenn Polizei und Krankenwagen wegen ihr hier waren? Wenn ihre Geschichte so traurig war, dass sie nicht mehr leben wollte? Wenn sie sich hatte umbringen wollen? Toms Blick streifte den Mond, der trotz des Sonnenscheins schon zu sehen war. Es war Vollmond. Das mochte das Chaos erklären. Immer wenn es Vollmond war, schien das Chaos auf den Straßen größer zu sein. Das Tram fuhr gerade weiter, es war wegen einem Auto auf der Fahrbahn stehen geblieben. Nur noch einen Moment sah er das Gesicht des jungen Mannes, der die Frau hielt, und Tom wurde bewusst, dass er mit ihm im gleichen Tram gesessen hatte. Dieses Bild von dem jungen Mann, der am selben Tag ihm gegenübergesessen hatte, vollkommen entspannt und sorglos, fuhr durch seinen Kopf. An einem Morgen, an dem es Peter Maurer noch nicht gegeben hatte. Wie kam es eigentlich, dass man immer wieder dieselben Menschen traf? Es gab doch so viele. Entstand durch solche flüchtigen Begegnungen irgendeine Verbindung? Oder spürte man irgendwie, dass man ein ähnliches Ziel hatte, und nahm sie deswegen überhaupt erst wahr? Oder war alles in Wahrheit nur ein Film um ihn herum und nur er wusste es nicht, wie in diesem einen Steifen, den er mal im Fernsehen gesehen hatte?

Tom sah wieder die Szenerie der beiden. Der junge Mann war heute Morgen bestimmt auch zu spät gekommen. Vielleicht hatte er sich geärgert, vielleicht war er geeilt und vielleicht war es eben jener Zufall, der ein grausames Ende verhindert hatte.

War der Sinn von Peters Tod gewesen, dass dieser junge Mann, der zu spät dran war, zu Fuß gegangen war, um eine Frau vor dem Tod zu retten, in den sie sich hatte stürzen wollen?

Robert hätte sich nicht träumen lassen, wo er nun war. Er hatte es sich ganz anders vorgestellt. Heute Morgen, als noch alles schön, friedlich und gewöhnlich gewesen war. Robert war schon immer eine Frohnatur gewesen. Schon seit der Schulzeit. Auch heute Morgen war er gut gelaunt gewesen und war total unerwartet von dem Tramunglück auf den Boden zurückgeholt worden.
Er wusste nicht genau, was passiert war, und er würde wohl erst im Laufe des Tages erfahren, dass es sich um ein Personenunglück handelte. Doch so war er nur von dem Chaos überrumpelt. In weniger als einer Viertelstunde sollte er bei der Arbeit sein. Er war aus dem Tram gestiegen und hatte sich umgesehen. Doch es würde noch ewig dauern, bis man Ersatzbusse organisierte, und das Tram sah nicht so aus, als würde es bald wieder in Betrieb genommen.
Innerlich leicht verzweifelt sah er sich um. Er hatte den Job ganz neu, auch wenn er

ihm nicht wirklich gefiel. Es war ein guter Job und er verdiente Geld damit und darauf kam es in dem einen Leben, das man hatte, doch an. Nicht wahr?

Flüchtig dachte er an Lina. Er hatte mit Lina studiert. Sie war eine Hexe gewesen. Bei dem Gedanken musste er lachen. Sie wollte damals Designerin werden. Manchmal dachte er noch an sie – an dieses Mädchen mit den langen schwarzen Röcken, dem langen, rot gefärbten Haar und dem Gothiclook.

Er hatte eigentlich schon ewig nicht mehr an sie gedacht. Vielleicht hatte ihn die Frau hinter dem Absperrband mit den roten Haaren und dem roten Rockkostüm an sie erinnert. In der Eile verschwand der Gedanke an sie auch schon wieder. Robert hatte keine andere Wahl und musste die Beine in die Hand nehmen. Es war ein ganz schön weiter Weg, wenn man bedachte, wie wenig Zeit er hatte. Wenn er rannte, schaffte er es von hier aus zum Hauptbahnhof und auf den nächsten Zug zum Stadelhofen.

Er sprintete durch die vielen Menschen. Bald war er völlig außer Atem und hoffte nur, dass sein Anzug nachher nicht völlig verschwitzt war.

In Stadelhofen angekommen stürzte er aus dem Zug und rannte die Brücke hinauf. Es war eine Abkürzung. Er rannte weiter, als er etwas mit seinem Blick streifte. Er war an einer Frau vorbeigerannt. Er hatte sie nicht angesehen und eigentlich hatte er es furchtbar eilig, doch irgendetwas ließ ihn innehalten. Sie waren ganz allein auf der Brücke. Ein ungutes Gefühl beschlich Robert, auch wenn er nicht wusste, woher es kam.

Warum gerade in diesem Moment niemand hier war, wusste er nicht. Er drehte sich einfach um und sah sie. Sie stand da wie ein Geist. Als wäre sie aus seiner Erinnerung erwacht. Eine Illusion, eine Fata Morgana seiner Fantasie. Es kam ihm so abwegig vor, dass sie hier sein könnte, so unverändert, so immer noch gleich wie in seiner Erinnerung, dass er versucht war, die Hand auszustrecken und sie zu berühren. Doch irgendetwas stimmte nicht. Sie stand da, starrte über die Brüstung hinab zu den heranrollenden Zügen. Die Geschwindigkeit, die Gewalt des Zuges schien durch ihren Körper hindurch zu fahren, als stände sie in Wahrheit dort unten und nicht hier oben. Robert war wie angewurzelt stehen geblieben. Ihr langes, rot gefärbtes Haar schien sich im Fahrtwind des Zuges zu bewegen.

„Lina", flüsterte er. Sie schien ihn nicht zu hören. Fast, als wollte sie etwas Störendes vertreiben, schüttelte sie leicht den Kopf. Robert wusste, dass seine Zeit drängte, er war womöglich jetzt schon zu spät. Eine Stimme in seinem Kopf drängte ihn zur Eile mit den Worten: Es wird schon alles in Ordnung sein und das kann sie doch gar nicht sein, oder? Doch irgendetwas hielt ihn zurück. Als er Lina nun berührte, fiel sie in sich zusammen. Sie wandte ihr verheultes Gesicht zu ihm und schon hielt er sie in den Armen. Ihre Stimme war unverständlich. Sie sprach zu schnell, unzusammenhängend, kaum verständlich, doch ein kaltes Gefühl ergriff von ihm Besitz. Ein Gefühl von Kälte, beim Gedanken daran, was hätte passieren können, wäre er nicht eben in diesem Augenblick hier gewesen. Bald darauf waren sie von Polizei und Sanitäter umgeben, die ihnen Fragen stellten, denn ganz unbemerkt war die junge Frau doch nicht geblieben. Doch noch konnte sie nicht sagen, was geschehen war oder was hätte sein können. Nicht was hätte sein können, weil Robert hier gewesen war, nicht was hätte sein können, wenn Peter Maurer nicht gestorben wäre und Robert einfach mit dem Tram weitergefahren wäre.

Was, wenn … Was, wenn Peter Maurer nicht gestorben wäre?
Wären dann zwei Menschen aneinander vorbeigegangen, ohne sich zu bemerken? Und vielleicht wäre doch alles so gekommen. Vielleicht hätte Robert auch irgendwo einen Anschluss verpasst und wäre doch zu spät gewesen. Wo begann der Zufall, wo begann das Schicksal und was war Schicksal, wenn es mit dem zusammenhing, was einem anderen Menschen passiert war?
Was konnte Schicksal dann sein? Wenn es von solchen Kleinigkeiten abhing, ob jemand gerade Glück hatte und sein Tram nicht verpasste? Was trennte dann Schicksal vom Zufall? Und war es nicht trostlos, willkürlich, dass ein Leben scheinbar nur von einem flüchtigen, unbedachten Schritt abhing?

Samantha und Raffael

Tom blickte weiter aus dem Fenster,
während das Tram fuhr und den Bahnhof
Stadelhofen schon lange hinter sich
gelassen hatte.
Ob viele Leute zu spät gekommen waren
wegen des Umfalls? Und war
Zuspätkommen denn immer so schlimm?
Was, wenn für manche dieses
Zuspätkommen genau die richtige Zeit war?
Was, wenn gerade die Minuten, über die wir
uns selbstverständlich ärgern, gerade die
Minuten waren, die uns vor etwas
beschützten? Dafür sorgten, dass wir nicht in
einen Unfall liefen oder stolperten und uns
wohlbehalten nichts ahnend ankommen
ließen? Wer bestimmte das? Und war es
nicht beängstigend?

Raffael kannte sie schon. Das Bild dieser
Frau im Tram gegenüber. Sie hatte lange
wallende Locken, die wie gesponnenes
Gold aussahen. Rot geschminkte Lippen
und unglaublich große Augen. Sie trug
meist einen langen schwarzen Mantel, der
ihr Haar noch wilder aussehen ließ. Er
starrte sie jedes Mal an. Sie war so schön.
Irgendwie wild und irgendwie auch

61

zerbrechlich. Sein Herz schlug jedes Mal schneller, wenn er sie sah. Er sah sie lachen oder sprechen, doch ihre Stimme hatte er noch nie gehört. Denn immerhin trennten sie immer zwei verspiegelte Fensterscheiben. Er rieb sich die Nase. Ja, er war irgendwie in sie verliebt. Doch konnte Liebe denn so vage sein? Dass man sich irgendwie in jemanden verliebte, der nichts weiter als ein Bild durch zwei Fenster war?

Schon ein paar Mal hatte er sie angestarrt. Es war nicht so, dass er es beabsichtigte. Doch es war meist so, dass er aufblickte und sie einfach gerade dort stand. Bis er sich sogar schon darauf freute, sie zu sehen. Als wäre es ein tatsächliches Wiedersehen, von dem nicht nur einer etwas wusste. Selbstverständlich lebte er sein Leben weiter, doch irgendetwas ließ ihn doch nie ganz los.

Manchmal waren Freundinnen bei ihr. Manchmal war sie allein. Er ahnte schon, wo sie hinfuhr, denn manchmal trug sie eine Tasche bei sich, auf der *Diamant* stand. Mit ein paar Zeichen auf Google hatte er auf seinem Handy herausgefunden, dass das eine Marke von Tanzschuhen war, was zu der Taschenform passen würde. Sie tanzte wohl.

Gerade blickte sie auf und sah in seine
Richtung, hastig hob er die Augen und
blickte aus dem Fenster.

Was, wenn er sie einfach ansprach? Einfach
so, kurz, zufällig. Doch was sollte er sagen?
Würde sie ihn nicht für völlig dämlich
halten? Er wusste nicht, wo sie hinwollte,
denn sie stieg nicht immer am gleichen Ort
aus. Manchmal hatte er schon daran
gedacht, einfach auch dort auszusteigen, wo
sie ausstieg, nur um ihr irgendwie nahe zu
sein. Doch dann kam ihm wieder der
Gedanke, dass das Unsinn war. Sogar
großer Unsinn. Sich so eine nichtexistente
Verbindung zu wünschen.

Samantha sah das verspiegelte Bild des
Mannes. Sie hatte keine Ahnung, wie er
hieß. Ganz oft sah sie ihn, gerade im
gegenüberliegenden Tram. Er wirkte so oft
in seine Gedanken vertieft. Er trug fast
immer einen Anzug, vermutlich kam er von
der Arbeit. Sein halb langes, dunkles Haar
fiel ihm ein wenig in die Augen. Es war
nicht so, dass sie ihm unbedingt
hinterherstarren wollte. Es war mehr so,
dass er immer da zu sein schien, wenn sie
aufblickte. Gerade einen Waggon hinter ihr
oder an einer Haltestelle in ein Buch vertieft
oder eben im gegenüberliegenden Tram,

wenn sie wie jetzt gleichzeitig hielten. Sie war sich nicht einmal sicher, ob er sie je bemerkt hatte. Nur manchmal kam es ihr so vor, als hätte er sie eben noch angesehen, doch wenn sie den Kopf drehte, dann sah er niemals in ihre Richtung.

So war es Tag für Tag. Und Samantha und Raffael hätten ihr Leben weiter aneinander vorbeileben können, ohne dass sie sich jemals begegneten. Immer und immer. Und vielleicht wäre es nie schlimm gewesen. Vielleich wäre es einfach so gewesen. Unbemerkt.

Und wäre Peter Maurer nicht gestorben, so wäre es vielleicht bei dem Blick aus dem Fenster geblieben.

Doch weil seine Tramlinie ausfiel, musste Raffael einige Stationen laufen. Dann sah er hundert Meter vor sich sein Tram, gerade an der Haltestelle. Er rannte, so schnell er konnte, und erreichte es gerade in dem Augenblick, als es abfuhr.

Fast hätte er geflucht. Wütend drehte er sich um und stapfte zu den Fahrplänen. Vage nahm er wahr, dass jemand auf der Bank saß. Mit dem Fuß stieß er gegen eine Tasche, die auf dem Boden stand.

Jemand zog sie aus dem Weg.
„Entschuldigung", murrte er und blickte
hinab.
Er erstarrte. Ihr gelocktes Haar lag über
ihren Schultern und schimmerte im Licht.
Sie blickte mit ihren graublauen Augen zu
ihm auf. Ihr Mund war rot geschminkt.
Beinahe wäre er über seine eigenen Füße
gestolpert. Vor lauter Schreck kämpfte er
einen Moment gegen den Wunsch an,
einfach wegzulaufen. Doch ihm fiel ein, wie
dämlich es aussehen musste, dass er gerade
hergerannt war und dann ganz plötzlich
wieder wegrannte. Er fing sich gerade
wieder und setzte sich stattdessen neben ihr
auf die Bank. Dann nach einer Weile sagte
er unverbindlich: „Hey".
Sie sah auf und blickte ihn an. In ihrem
Gesicht war keinerlei Reaktion
auszumachen. Sein Herz schlug vor
Nervosität schneller.
„Haben Sie auch gerade kein Tram?" „Ja",
erwiderte sie. „Puu", machte er. „Was ist
denn heute bloß los?" Sie sah ihn an, dann
sagte sie: „Ich habe gehört, dass es einen
Unfall gegeben hat."
Er hatte gegen die Decke geblickt, dann sah
er zu ihr hinüber und sah, dass sie ihn noch
immer ansah. Er lächelte. Und sie lächelte
zurück.

Vielleicht hätten Raffael und Samantha sich auch so gefunden. Später. Vielleicht wären sie auch so ins gleiche Tram gestiegen. Vielleicht hätten sie sich auch sonst so lebhaft unterhalten.

Vielleicht hätten sie auch nur neben einander gestanden, sich nicht angesehen, obwohl sie sich in Gedanken vielleicht nahe gewesen wären.

Vielleicht. Und vielleicht hatten sie sich nur kennengelernt, weil die Trams Verspätung hatten. Weil Peter Maurer gestorben war. Vielleicht hatte sein Tod zwei verliebte Menschen ergeben. Und aus einem Trauerfall entstanden zwei Verliebte. Wer weiß.

Tom stützte sich mit dem Ellenbogen am Fensterrahmen des Trams ab. Denjenigen, um den es eigentlich ging – über ihn wusste er am wenigsten. Von den Menschen um sich herum, die den Unfall mit angesehen hatten, hatte er ihn am kürzesten gesehen. Ihn, die Hauptfigur. Tom hatte gesehen, wie die Beobachter sich bewegten, wie sie sprachen – das war weit mehr, als er von Peter Maurer gesehen hatte. Von ihm hatte er nur den Mantel wahrgenommen und wie er verschwunden war.

Die Stadt vor seinem Fenster zog an seinen
Augen vorbei, ohne eine echte Spur zu
hinterlassen. Allmählich fuhr das Tram ihn
in unbekannte Gebiete, doch es war ihm
egal. Schluss und endlich fuhr es im Kreis.
Doch nun wurde die Stadt lichter und
zugleich bewohnter. Da und dort gab es
Gärten.

Vielleicht wollte sich Tom mit diesen
Überlegungen auch nur selbst trösten.
Vielleicht wollte er nur, dass dieser Tod
einen Sinn hatte. Weil es einfach zu
grausam wäre, wenn der plötzliche Tod
eines Mannes vollkommen bedeutungslos,
vollkommen sinnlos gewesen wäre.
Doch es gab sicher Menschen, für die dieser
Tod vollkommen sinnlos war. Tom hob das
Kinn von seiner Hand. Gerade fuhr sein
Tram an einem Friedhof vorbei. Was war
mit den Menschen, für die dieser Tod
vollkommen sinnlos war? Seine Familie
zum Bespiel? Für sie war es sicher sehr
traurig. Sie hatten den letzten Moment ihres
Liebsten nicht mitbekommen. Sie waren
völlig unbeteiligt gewesen.

Nach Peter Maurers Tod rief man seine

Familie an. Peter hatte eine Frau und eine erwachsene Tochter, die bereits verheiratet und schwanger war. Sein Schwiegersohn war im gleichen Alter wie sie. Peter hatte ihn noch nicht wirklich gut gekannt und war ihm gegenüber ziemlich reserviert gewesen. Außerdem hatte Peter noch einen Sohn, doch der lebte und arbeitete im Ausland. In Denver, um genau zu sein. Seine Frau ging ans Telefon. Sie war eigentlich nur zufällig da, denn sie arbeitete 60 Prozent. Nur heute war sie ausnahmsweise zu Hause. Ihre Welt blieb stehen an jenem Morgen, an dem sie das Telefon abnahm und ein Polizist sich meldete. „Frau Maurer? Es tut mir sehr leid, aber ich muss Ihnen mitteilen, dass Ihr Mann heute in einen Unfall verwickelt war und leider auf der Unfallstelle verstorben ist."

Für sie hielt die Zeit an, während sie scheinbar für alle anderen einfach immer weiter lief.

Diese, seine Frau Edith, würde sich der Welt sehr fern fühlen, als wäre sie einfach kein Teil mehr von ihr. Sie verstand nicht, warum ihr Mann sterben musste. Für sie hatte dieser Tod keinen Sinn.

Edith

Tick, tack, tick, tack.

Wie lange war es her? Eine Stunde, ein
Jahr? Vielleicht auch nur dreißig Sekunden.
Gerade eben hatte das Telefon geklingelt.
Gerade eben hatte ein Polizist ihr gesagt,
dass ihr Mann tot war. Gerade eben hatte sie
noch stundenlang vor dem nun stummen
Telefon gesessen, ohne etwas zu denken
und ohne etwas zu hören, als ihren eigenen
Herzschlag, der ihre Ohren erfüllte. Die
Welt hatte aufgehört, sich zu drehen. Wie
lange sollte sie warten, es den anderen zu
sagen? Es offiziell und damit real, wirklich,
zu machen? Wie lange konnte sie
hierbleiben, hier in dem Haus vor dem
Telefon und noch warten? In dem Moment
bleiben, bevor ihr Mann für immer tot war?

Und nun? Nun war sie plötzlich auf einem
Friedhof. Viele Menschen in Schwarz
standen um sie herum. Viele sprachen ihr
ihr Mitgefühl aus, doch genauso gut hätten
sie mit dem Grabstein sprechen können, der
nun am Ende dieses Erdloches prangte und
teilnahmslos „Peter Maurer" verkündete.
Sie starrte weiter auf das Loch im Boden,
das wie ein unersättlicher Schlund erschien,
der das Leben verschlang.

Wie kam man eigentlich dazu, die Menschen zu vergraben? Dachte Edith, während sie die Erde fixierte. Wenn man in so ein Loch hineinstarrte, so musste es jenen, die an die Hölle glaubten, doch so erscheinen, als würde man die Toten direkt dorthin befördern.

Was für ein blöder Gedanke, dachte Edith. Dabei sollte sie in einem solchen Moment doch an etwas ganz anderes denken als an einen fiktiven Ort, von dem manch einer tatsächlich glaubte, dass er von einem gehörnten orangenen Tunichtgut, genannt Teufel, beherrscht wurde und wo im Hintergrund wilde Jazzmusik lief.

Erneut dachte sie: Was für einen Unsinn. Doch genauso unsinnig erschien es, dieses Loch, diese steife Holzkiste und diesen Friedhof mit Peter in Verbindung zu bringen. Überhaupt war es unglaubhaft, solche Dinge mit Menschen in Verbindung zu bringen. Denn Menschen glaubten nun mal nicht an den Tod. Jeder hatte schon einmal davon gehört, dass man eines Tages sterben würde und dass auch die Menschen, die man kannte, eines Tages sterben könnten. Doch in Wahrheit glaubte niemand daran. Der Tod war mehr so eine Schauergeschichte.

Der Tod traf immer unerwartet. Selbst wenn man ihn erwartete.

Tod war ein Gerücht unter den Menschen. Vielleicht, weil er so unerklärlich war. Vielleicht erschreckte es so, weil es immer ein abruptes Ende war. Es war etwas, das von einem Moment zum andern aufhörte. Vielleicht war es angekündigt, vielleicht aber auch nicht, doch mit einer Sekunde endete das Leben und der Moment war unwiederbringlich. Auf einmal war es für immer vorbei. Fast alles auf der Welt war veränderbar. Immer gab es ein Morgen. Der Mensch war dazu erzogen, immer voran zu sehen. So war das Leben. Doch der Tod war ein Ende, etwas, das der Mensch weder beeinflussen konnte noch ändern. Vielleicht hatte man deswegen davor Angst. Weil man vor Dingen Angst hatte, die man nicht beeinflussen konnte. Es geschah und danach musste man sehen, wo man blieb und wie man damit fertig wurde. Dieser Sarg, dieser Ort, diese Trauergemeinde, nichts davon hatte irgendetwas mit dem Mann zu tun, den Edith verloren hatte.

Ob jemand ihr die Hand auf die Schulter gelegt hatte? Oder ob sie die Menschen um sie herum angerufen hatte? All das wusste sie nicht mehr. Alles blieb zurück hinter dieser Stille, in der die Zeit stehen geblieben war.

Die Trauergäste der Abdankungsfeier wirkten alle blass in ihrer dunklen Kleidung. Vielleicht war es auch nur das Wetter, der leichte Nieselregen, der über dem Friedhof, der ein wenig außerhalb lag, herrschte. Die Witwe, so ganz alleine vor dem offenen Grab, wirkte hinter ihrem schwarzen Schleier wie ein Geist. Ihre schwangere Tochter und deren Ehemann standen mit den anderen Anwesenden hinter Edith eng beisammen, die Köpfe gegen den Niesel eingezogen.

Ein Pfarrer stand in seiner Tracht vor der Gemeinde. Auch er wirkte traurig und etwas mitgenommen. Er kannte dieses Paar schon eine Weile. Er war zwar erst seit zwei Jahren in dieser Gemeinde, doch hatte er Edith und Peter schon kennengelernt und öfters getroffen und gesprochen, wenn sie zu einer Andacht kamen oder sich in der Gemeinde engagierten. Doch als Pfarrer war er mehr ein Außenstehender. Er gehörte nicht zur Familie und fühlte sich, als hätte er irgendwie nicht das Recht, Persönliches in den Vordergrund zu stellen. Er hielt seine Rede in den kalten Niesel hinein und hatte doch nicht wirklich das Gefühl, dass es bis zu den Trauernden durchdrang. Es war, als spräche er gegen eine unsichtbare Wand, die ihn von den Übrigen trennen und seinen Auftritt mehr zu etwas Symbolischem machte als zu etwas Tröstlichem oder gar zu etwas, das dem Ganzen Sinn gab. Immerhin konnte etwas Symbolisches auch etwas Tröstliches sein. Das war sein Trost.

Edith stand vor dem Loch, in dem man ihren Mann versenken würde. Die Zeit schien still zu stehen, seit jenem Augenblick, in dem sie den Hörer abgenommen und man gesagt hatte, dass Peter tot sei. Hatte man es ihr wirklich gesagt oder hatte sie geträumt? War es noch der gleiche Tag oder war es schon ein Jahr danach? Und spielte es noch eine Rolle? In dem Moment, wie sie hier stand, vor dem offenen Grab erinnerte sie sich daran, dass sie am Morgen des Unglückstages gute Laune gehabt hatte. Es war ein wenig stressig gewesen, gerade wollte sie zum Bus gehen und zur Arbeit fahren, doch dann hatte man sie angerufen. Irgendein Problem war aufgekommen, doch gerade jetzt konnte sie sich nicht mehr daran erinnern, was das Problem gewesen war. Und es kam ihr so vor – ein unsinniger Gedanke –, als ob Peter nicht gestorben wäre, wenn sie zur Arbeit gegangen wäre wie sonst. Dass dann alles normal geblieben wäre. Und irgendetwas in ihr hielt unsinnig und schmerzhaft daran fest.

Jetzt im Regen schien es in unendliche Ferne gerückt. Unwichtig. Nur noch ärgerlich.

Wenn sie blinzelte, dann war sie wieder in diesem Zimmer. War wieder in jenen zwei Minuten, in denen sie sich noch einen schönen Tag zurechtgelegt hatte, in denen noch alles in Ordnung gewesen war. Sie hatte darüber nachgedacht, dass ihre Tochter heute Abend zum Essen kommen würde. Ihre Tochter erwartete ihr erstes Kind.

Ediths und Peters erstes Enkelkind. Der Mann, mit dem ihre Tochter seit zwei Jahren liiert war, würde sie begleiten. Edith hatte darüber nachgedacht, was sie noch einkaufen würde. Ihr Schwiegersohn schätzte ihre gute Küche, wie fast die ganze Familie.

Edith und Peter hatten auch noch einen Sohn. Markus. Er war allerdings älter als ihre Tochter und er hatte kaum noch Kontakt zur Familie. Markus und Peter hatten sich zerstritten. Obwohl sie jetzt

nicht mehr auf Kriegsfuß standen, hatten sie
nie ein wirklich gutes Verhältnis gehabt.
Markus arbeitete nun in Übersee und hatte
es nicht zur Beerdigung geschafft. Er würde
aber später zu Besuch kommen. Edith war
ihm deswegen nicht böse. Die Leiche ihres
Mannes lohnte es sich nicht mehr wirklich
anzusehen. Er hätte nicht mehr viel
Ähnlichkeit mit dem Mann, den sie geliebt
hatte.
Sie hätte an diesem Abend einen Braten
gemacht. Sie hätte von ihrer Tochter mehr
über den Zustand ihrer Schwangerschaft
erfahren und Peter hätte mit ihrem
Schwiegersohn gesprochen und ihn
vermutlich mit irgendwelchem Sport
gelangweilt, doch ihr Schwiegersohn hätte
sich nichts anmerken lassen und gelacht und
genickt, wäre aufrichtig bemüht gewesen,
seinem Schwiegervater irgendwie zu
gefallen.
Doch all dies würde nie passieren.

Eigentlich hatte der Pfarrer Edith nicht
besonders gemocht, sie war ihm wie eine
sehr steife Person vorgekommen. Zu
gradlinig und zu arrogant. Doch heute hatte
er das starke Bedürfnis sie einfach nur
festzuhalten, wie sie nun so hilflos vor dem
offenen Grab stand.

Nachdem der offizielle Teil vorbei war,
ging er zu ihr und sprach ihr sein Beileid
aus. Es hätte ein sehr kurzes Gespräch sein
können. Doch es war nicht so. Irgendwie
blieben sie hängen. Irgendetwas verband
sie.

Der Tod von Peter Maurer erschien Edith
vollkommen sinnlos, wenn nicht grausam.
Doch nur so lernte sie den Pfarrer Samuel
kennen. Der Tod ihres Mannes, mit dem sie
so viele Jahre verheiratet war, traf sie sehr
und war ein sehr dunkles Kapitel ihres
Lebens, das sie nie ganz überblättern würde.
Samuel, der Pfarrer, war ihr eine große
Stütze. Als Seelsorger stand er ihr zur Seite
und sie sprachen über den Tod, über Gott,
die Welt, Gerechtigkeit und sehr viele
Dinge. Sie sprachen sehr viel. Sie waren
nicht immer einer Meinung. Sie
diskutierten. Und irgendwann, in einigen
Jahren, mussten sie zugeben, dass sie etwas
füreinander empfanden. Mehr. Einfach nur
mehr. Sie hätten beide diese Beziehung nie
erwartet. Es war mehr, als hätten nicht sie
sich die Beziehung, sondern die Beziehung
sie ausgesucht.
Edith würde auch viele Jahre später noch an
ihren Mann denken. Doch anstatt seines
lachenden Gesichtes, würde sie einen

Grabstein sehen. Als ruhte er nicht nur auf seinen sterblichen Überresten, sondern auch auf ihren Erinnerungen und hätte sie darunter begraben.

Und auch wenn sie irgendwann wieder glücklich sein würde, würde sie manchmal zurückblicken und denken: Warum?

Man könnte meinen, Menschen würden aus ihren Fehlern lernen. Man könnte meinen, ein Tod wäre genug. Menschen würden so etwas ernst nehmen. Dass der Tod eines Menschen, der so vielen so wichtig war, Folgen haben sollte. Dass man neue Warnschilder aufstellte oder Abschrankungen oder irgendetwas Weltumfassendes, Absolutes auf die Beine stellte, weil der Tod eines Menschen so wichtig war, dass man danach etwas veränderte. Doch wenn man sich dann tatsächlich in das Getümmel der Notwendigkeiten und Möglichkeiten begab, dann musste man unweigerlich darauf kommen, dass es keine absolute Lösung gab.

Dass man nicht alles sicher machen konnte. Dass es Dinge gab, auf die man keinen Einfluss hatte. Dass dieser Tod keinen tieferen Sinn hatte.

Wie viele Menschen würden über den Platz
gehen, auf dem Peter Maurer gestorben
war? Es war ein Platz mitten in der Stadt.
Würden sie sich anders verhalten, wenn sie
wüssten, dass dort jemand gestorben war?
Würden sie etwas verändern oder innehalten
oder ihre Schritte überdenken? Würden sie
wissen, dass an dieser Stelle ein Mensch
gestorben war und wie wichtig er seinen
Angehörigen gewesen war?
Nein.
Nein, sie würden es nicht wissen. Und
das war gut so. Würden die Menschen mit
angemessener Angst jeden Schritt
überdenken, so würden sie Zeit
vergeuden. Es war gut so, dass sie es nicht
taten. Denn niemals wären sie gegen alles
gefeit und geschützt.
Denn die Zeit eines Lebens ist einfach zu
kurz, um jeden Schritt zu überdenken, und
gelingen würde es ohnehin niemals.

Edith war sicherlich nicht der einzige
Mensch, für den dieser Tod keinen Sinn
machte.
Das Tram hatte gerade unverhältnismäßig
lange gehalten. Zumindest nach Toms
Gefühl. Er hatte den Friedhof angestarrt und
war dabei in Gedanken versunken. Es war

ein kleiner Friedhof, allerdings mit viel
Grün und sehr schön angelegt. Zwischen
den Bäumen und Büschen wachten einige
Engelsstatuen in den typischen Positionen
über die Gräber. Jetzt erst nahm Tom eine
kleine Trauergemeinde wahr, die gerade
von der Kirche über den Friedhof wanderte.
Vielleicht war er deswegen in Gedanken zur
Beerdigung des Mannes vorgereist.
Während er die Menschen in Schwarz
betrachtete, stellte er fest, dass es eine
reformierte Zeremonie sein musste, denn es
war eine Pfarrerin, die in einem langen
schwarzen Mantel dastand. Sie hatte den
Kopf ein wenig zur Seite gelegt, ihr langes,
blondes Haar umrahmte ihr Gesicht und fiel
ihr auf die Schultern herab. Wie sie so
dastand, die Hände vor sich gefaltet, wirkte
sie wie einer der Steinengel. Tom hatte nie
verstanden, warum man die Engel gerade in
diesen Positionen über die Gräber wachen
ließ. Diese Bewegungen waren ihm allesamt
nie sehr natürlich vorgekommen. Doch
diese Pfarrerin, wie sie dort vor dem Grab
stand und mit ihrer Haltung ihre
Anteilnahme zeigte, machte seltsamerweise
genau diese Bewegung. Sie kam ihm
widernatürlich vor.

Mit einem Ruck setzte sich das Tram wieder in Bewegung und der Friedhof glitt langsam davon.

Vielleicht hatte Peter auch Kinder gehabt, überlegte Tom. Vermutlich sogar. Diese nun erwachsenen Kinder hatte sein zu früher Tod sicherlich kalt erwischt. Oder vielleicht waren sie so in ihrem Leben eingespannt, dass sie gar nicht wussten, wie sie nun darauf reagieren sollten.

Sylvia

Peter Maurer hatte eine Tochter. Sie hatte ein innigeres Verhältnis zu ihrem Vater. Sie hieß Sylvia.

Das hatte seine Vor- und seine Nachteile, denn Peter war ein sehr autoritärer Mensch gewesen und für ihn blieb seine Tochter sein kleines Mädchen. Sie war die Jüngere, und während ihr Bruder in seiner Jugend rebellisch geworden war und sich gegen seinen autoritären Vater auflehnte, hatte sie die andere Position einnehmen müssen. Sie hatte versucht, die Wogen zwischen diesen beiden Männern zu glätten, die ihr beide sehr wichtig waren. So schaffte sie es nie ganz aus dieser Rolle heraus. Vor ihren Eltern war nichts gut genug gewesen und sie war vor ihnen sofort in einer Verteidigungsposition, in der sie alles rechtfertigen musste, was sie tat. Das war eine ziemlich eingesessene Sache, bei der beide Parteien ihre festgefahrene Position hatten, ohne dass man wirklich bestimmen konnte, ob es ihren tatsächlichen Meinungen oder nur der Festgefahrenheit zu Schulden kam.

Auch nach ihrer Heirat hatte Sylvia noch damit zu kämpfen. Zumal sie nie weit weggezogen war und ein sehr inniges Verhältnis mit ihrem Elternhaus pflegte. Sie war oft in der Woche zu Hause bei ihren Eltern. Doch seit sie schwanger geworden war, hatte sie kaum mehr Zeit gehabt, nach Hause zu fahren.

Sie hatte an diesem Abend ihre Eltern zum ersten Mal seit längerem besuchen wollen. Mit ihrer Mutter wollte sie über viele Dinge der Schwangerschaft reden und mit beiden Elternteilen darüber, ob sie ihre bald geborene Tochter an bestimmten Wochentagen bei sich beaufsichtigen würden, dann, wenn sie arbeitete. Das war schon lange so abgesprochen gewesen, seit sie und ihr Mann beschlossen hatten, ein Kind zu bekommen. Edith und Peter hatten sich auf das Enkelkind gefreut.

Nun, nachdem Peters Tochter erfahren hatte, dass ihr Vater tot war, wusste sie nicht, was sie genau fühlen sollte. Sie fühlte eine eigenartige Leere. Ihre Augen fingen an zu weinen, ohne dass sie genau wusste, wieso. Sie war verstört und traurig, doch irgendein Teil in ihr war auch erleichtert. Sie musste unter dem Druck ihres Vaters nicht mehr bestehen. Dieser Druck, der teils von ihm und dann doch auch von ihr selbst ausgegangen war, löste sich auf und es kam ihr so vor, als könnte sie freier atmen, während sie schluchzend in den Armen ihres Mannes versank.

Vielleicht war es beim Schrecken über den Tod eines Menschen ähnlich, wie wenn man sich verletzte. Wenn man sich etwas brach oder so ähnlich. Im ersten Moment spürte man nichts, denn der Körper war im Schockzustand. Vielleicht versuchte der Körper in so einer Situation etwas Ähnliches, doch weil es nichts Körperliches war, prallten die Taubheit und die Trauer aufeinander und ergaben eine höchst seltsame Mischung. Man hatte stets das Gefühl, nicht genug zu empfinden, obwohl man eigentlich nicht mehr empfinden konnte.

Selbst später würde Peters Tochter nie ganz bestimmen können, was sie eigentlich fühlen sollte. Auf eine Art blieb die gefühllose Trauer, der Schock und der Schmerz zugleich. Und irgendwo in ihrem erstarrten Gehirn versuchte sie, einen Sinn in dem Ganzen zu finden. Versuchte auch, nur herauszufinden, was sie selbst eigentlich dabei empfand, und fragte sich, ob sie das Falsche empfand.

Sie würde ein halbes Jahr später ihre Tochter Paulina zur Welt bringen. Wäre

Peter noch immer am Leben gewesen, so hätte seine Tochter nie ganz gewusst, was er für seine Enkelin empfand. Man konnte es ihm einfach nicht ansehen. Ob er die Ehe für einen Fehler hielt? Ob er Paulinas Geburt für einen Fehler hielt? Oder ob er sie wirklich so sehr liebte? All die Fragen hätte sie sich gestellt, wäre ihr Vater noch am Leben gewesen.

Und wäre er noch am Leben gewesen, so hätten er und Edith auf Paulina aufgepasst, sie zum Kindergarten gebracht und hätten eine wichtige Rolle in dem Leben ihrer Enkelin gespielt. Paulina wäre in beiden Häusern zu Hause gewesen und wäre auch später nach der Schule noch an manchen Wochentagen dort gewesen.

Doch Peter Maurer war gestorben. Auch für die ungeborene Paulina hatte sich etwas verändert.

Und wäre ihr Großvater noch am Leben gewesen, so hätte er sie an ihrem vierten Geburtstag aufgehalten, ehe sie aus dem Garten in die Ausfahrt des Nachbarhauses lief und überfahren wurde.

Ihr Großvater wäre immer wichtig für sie gewesen. Auch wenn sein Einfluss zu der Scheidung seiner Tochter in späteren Jahren beigetragen hätte. Alles wäre irgendwie anders gewesen.

Doch Peter Maurer war nicht mehr da, um die Menschen um sich herum zu beeinflussen.

Tom betrachtete geistesabwesend sein eigenes Spiegelbild im Fenster des Trams. Er dachte an die Familie, an Edith und Paulina und an das verschwommene Bild des Mannes, das vor seinen Augen allmählich klarer zu werden schien.
Was, wenn …

An der Tür des Trams stand ein Mann. Tom hatte ihn bisher nicht bemerkt, da er hinter seinem Rücken stand. Doch nun hörte er, wie der Mann hinter ihm vor sich hin fluchte.
Er sah aus den Augenwinkeln, wie er sich hibbelig bewegte, auf die Uhr sah und dann wieder auf den Fahrplan.

Was war mit all den Menschen, für die dieser Tod ebenfalls sinnlos war? Die, denen weniger große Dinge geschahen? Mit all jenen, die zu spät kamen, weil der Tramverkehr aufgehalten wurde? Mit all jenen Männern und Frauen, die auf dem Weg zur Arbeit waren und zu spät kamen?

Artur

Es war keine allzu große Sache. Eigentlich
war es nur etwas Kleines. Doch Artur hatte
diesen Job erst seit kurzem. Und es lief
nicht allzu gut. Er hatte kein Glück gehabt
bisher. Leider spielte in der Werbebranche,
in der er sich befand, Glück doch immer
mal wieder eine Rolle, und all jene
Aufträge, die er bekommen hatte, lagen ihm
nun mal nicht. Denn mal ehrlich, was reimte
sich schon auf Kokosflocken?
Und heute Morgen hatte er auch noch
verschlafen. Er war auf ein Tram gerannt,
mit dem er ein wenig knapp angekommen
wäre, doch es halbwegs geschafft hätte.
Doch gerade als er begann, sich zu
entspannen, machte das Tram eine
Vollbremsung. Artur hatte keine Zeit, sich
irgendwie darauf vorzubereiten. Das Tram
hielt so jäh an, dass es nur seinen Reflexen
zu verdanken war, dass er nicht quer durch
das ganze Tram flog und sich instinktiv am
Geländer festhielt.
Dennoch knallte er gegen den Rahmen der
Tür und tat sich ziemlich weh. Alle um ihn
herum lagen auf dem Boden oder hingen
vor ihren Stühlen und blickten erstrocken
und/oder mit Schmerzen im Gesicht umher.

Niemand wusste, was los war, doch so etwas verhieß nichts Gutes.

Als Artur endlich aus dem Tram war, so musste er gestehen, dass der Tod dieses fremden Mannes ihn nicht so sehr berührte. Um ganz ehrlich zu sein – er konnte es sich gar nicht vorstellen. Man hatte gesagt, dass jemand gestorben war. Doch so etwas konnte man sich nicht vorstellen. Ziemlich durcheinander, versuchte er so schnell wie möglich, sein Büro anzurufen, um zu sagen, dass er später käme, weil es einen Unfall gegeben hätte, doch er kam nicht durch. Sein Meeting wurde nicht verschoben, seine Kunden warteten vergebens und wurden ungehalten.

Als er endlich bei der Arbeit erschien, konnte er gleich wieder gehen. Er wurde entlassen.

Er verließ das Büro, setzte sich unten auf eine Parkbank und legte das Gesicht in die Hände.

Es war ein furchtbarer Tag.

Und alles nur, weil Peter Maurer gestorben war.

Wäre Peter Maurer an diesem Tag nicht gestorben, so hätte Artur es pünktlich geschafft, er hätte einen überraschend wunderbaren Tag erlebt. Er hätte seine

Kunden überzeugt. Er hätte Vertrauen
gewonnen, von seinem Chef und wohl auch
von sich selbst.

Um die Mittagszeit wäre er aus seinem Büro
spaziert und zum Essen gegangen. Dabei
wäre er an einem Platz vorbeigekommen, an
dem einige junge Menschen versuchten,
Geld für Hilfsprojekte zu bekommen. Und
Artur wäre stehen geblieben und hätte, weil
er so guter Laune war, mit einem der jungen
Männer gesprochen. Er hätte sich angehört,
was dieser zu sagen hatte, und er wäre im
Taumel seines Glücks so begeistert
gewesen, dass er ihm eine neue Werbung
kreiert hätte. Einfach gleich dort auf dem
Platz, auf einem Werbeflyer.

Das alleine hätte nicht viel bewegt.
Werbung ist kein absolutes Machtmittel,
zumal es zu viel davon gibt. Doch den
jungen Mann, der mit Artur gesprochen
hatte, der übrigens Johannes hieß, hätte es
berührt. Diese einfache Tat und der
Optimismus dieses
Fremden hätten ihm Auftrieb gegeben. Es
hätte ihm den Mut und die Kraft gegeben,
die er brauchte. Johannes wäre in das Land
seines Hilfsprojektes geflogen und hätte
dort mit aller Macht gearbeitet. Er würde
neue Mittel und Wege entdecken und vielen

Menschen helfen. Und alles nur, weil ein Mann einen guten Tag hatte und ein anderer nicht gestorben war.

Doch es sollte nicht so sein. Peter Maurer war nicht mehr. Und so begegnete Artur Johannes nicht. Und Johannes' Tag ging unberührt weiter, ohne dass er etwas davon bemerkte.

Unwahrscheinlich? Ja. Damit hatte man wohl sogar recht. So große Dinge können nicht an so kleinen Sachen hängen.

Wodurch genau das Ganze ausgelöst wurde, kann man nicht klar sagen. Doch vielleicht hätte es seinen Teil dazu beigetragen.

Tom blinzelte. Es kam ihm so vor, als hätte er lange auf den gleichen Punkt gestarrt. Mochte auch wahr sein. Irgendwo im Wagon schniefte jemand. Es war ein Mädchen, das mit leicht geröteten Augen dasaß. Sie wirkte noch sehr jung, hatte rotblondes Haar und blaue Augen.

Die Anderen

Tom saß da und dachte nach. Und das
Schniefen vermischte sich mit seiner
Gedankenwelt.

Was, wenn auch dieses Mädchen, das dasaß
und Laura hieß, auch etwas mit dem Unfall
zu tun hatte?

War auch sie irgendwohin zu spät
gekommen? Vielleicht hatte sie sich für ein
Praktikum beworben. Heute Morgen wäre
das Vorstellungsgespräch gewesen. Doch
leider hatte sie in eben jenem Tram
gesessen, das Peter Maurer überfahren
hatte. Damit war sie heute Morgen zu spät
gewesen und man hatte sie nicht
genommen. Trotz all ihrer Bemühungen,
trotz ihres guten Zeugnisses, trotz ihrer
großen Hoffnungen. All das hatte nichts
genützt, nur weil sie im falschen Moment
gekommen war.

Ja, Laura hatte das Praktikum, das sie sich
so gewünscht hatte, nicht bekommen. Auch
wenn es nicht einen so unendlich wichtigen
Einfluss auf ihren späteren Beruf haben
würde, traf es sie doch tief. Sie hatte noch
nicht viele Erfahrungen gesammelt in ihrem
Leben und solche Absagen trafen sie noch
sehr.

Sie war von außerhalb gekommen und musste noch über eine Stunde nach Hause fahren. Zu Hause würden ihre Eltern sie in Empfang nehmen und sie fragen, wie es gelaufen sei, doch angesichts ihres tränenverquollenen Gesichts würde die Antwort nicht nötig sein. Lauras Eltern würden zuerst beide versuchen, sie zu trösten, doch im Laufe des Gesprächs gerieten sie aneinander. Vater und Mutter, die ohnehin eine kritische Phase durchmachten, begännen sich zu streiten, bis der eigentliche Auslöser vergessen wäre. Laura würde in ihr Zimmer gehen und ihre Eltern würden sich anschreien und es wäre der Streit, an dem die Ehe anfangen würde zu zerbrechen. Das verpasste Praktikum war nicht der Auslöser. Es war nur ein Punkt, der dem Geschehen eine Wendung gab. Wie eine Kugel auf dem Billardtisch. Ein Treffer und alle Kugeln bewegten sich. Lauras Leben würde nicht abhängig sein von diesem Praktikum, doch ihre Welt veränderte sich für immer.

Dann war da natürlich noch der Mann von der Straßenreinigung. Er wurde immer wieder für solche Spezialfälle bestellt. Und nun musste er das Blut vom Boden wischen, das übrig geblieben war von Peter Maurers Unfall.

Bei diesem Straßenputzer war es einfach. Er hatte einfach nur einen furchtbaren Tag. Auch dass es Teil seines Jobs war, machte es nicht angenehmer oder einfacher. Dieser Tag würde ihn so deprimieren, dass er an diesem Abend nicht in seiner Stammbar etwas trinken würde. Er würde einfach nach Hause in eine dunkle Wohnung und am nächsten Morgen wieder zur Arbeit gehen. Ohne dass etwas Außergewöhnliches passierte.

Wäre er in diese Bar gegangen, hätte er sich ein Bier bestellt und wäre beim Trinken mit einer Frau zusammengestoßen. Er hätte ihr das Bier über die Kleider gekippt. Er hätte sich furchtbar entschuldigt und irgendwann hätten sie zusammen an einem Tisch gesessen.

Wäre Peter Maurer nicht gestorben, so hätte er Lisa kennengelernt. Lisa, in die er sich verliebt und die er dann später geheiratet hätte, und mit der er vielleicht sehr glücklich geworden wäre.

Doch Peter Maurer war gestorben und der Mann von der Straßenreinigung hatte Lisa nie kennengelernt. Sie wäre an ihm vorbeigegangen, ohne dass sie etwas davon bemerkt hätte, und hätte sich vielleicht noch

am selben Tag bei ihrer Freundin Doris
beschwert, dass sie nie einen Mann
kennenlernen würde, weil sie nicht wusste,
dass er nur vor ein paar Schritten an einer
Traminsel gelegen hatte.
Sie beide hätten einander verpasst und
hätten ihr Leben aneinander vorbeigelebt,
ohne es zu bemerken. Natürlich war dies
nicht die einzige Lösung, der einzige Weg
für dieses Leben. Es war nur eine
Möglichkeit, die ungesehen und unbemerkt
verstrich.

Tom blickte ein wenig verdutzt aus seiner
Starre auf. Er war nun wieder zwei
Stationen vor dem Ort des Unfalls. Er stieg
eilig aus und blieb dann verwirrt stehen.
Das Tram fuhr weiter. Warum war er
ausgestiegen? Er blickte der Tramlinie
entlang, fast ein wenig angstvoll, etwas zu
entdecken, das auf den Unfall hinwies.
Doch trotzdem zog es ihn dorthin zurück.
Die Menge der Menschen umspülte ihn.
Redeten, lachten, sprachen und hatten keine
Ahnung davon, was geschehen war. Und er
blieb dort stehen, wo er war, ohne zu
wissen, wo er hingehen sollte.
Ein paar Polizeiautos fuhren an ihm vorbei
und er blickte ihnen nach.

Ted

Ted seufzte, als er den Anruf bekam. Er seufzte und sah sich in seinem Büro um. Es war ein Polizeibüro, ein wenig unordentlich und zurzeit recht verlassen, da die meisten seiner Kollegen gerade losgefahren waren wegen eines Unfalls.

Nun hatte man ihn als Polizeichef über die Situation informiert. Der Polizist, John, der angerufen hatte, hatte eben seine Mittagspause vorgezogen und hatte ihm Bericht erstattet.

Ein armer Kerl, war wohl vor ein Tram gelaufen und tödlich verunglückt. Es machte Ted traurig, wenn ein Leben auf so eine Art enden musste. Wenigstens war es nicht wieder eine Schülerin. Auch wenn es genauso schlimm war, traf ihn der Tod eines jungen Menschen immer auf sehr unangenehme Weise, die er danach kaum abschütteln konnte.

Er starrte auf den abgelegten Hörer. Das bedeutete wieder Überstunden. Er saß auf seinem breiten Stuhl vor seinem Schreibtisch und fuhr sich mit der Hand über das müde Gesicht. Als ob er erklären könnte, wie so etwas hatte passieren können. Er sah auf die Uhr. Es waren schon ganz schön viele Überstunden diese Woche gewesen. Gestern erst hatte er bis spät in die Nacht gearbeitet und jetzt das. Gerade heute, wo er früher zu seiner Frau nach Hause wollte. Ihre Beziehung war im Moment etwas heikel, Doris meinte, er arbeite zu viel. Er habe zu wenig Zeit für sie. Es stimmte schon, die Arbeit fraß ihn manchmal fast auf, doch es gab nun mal viel zu tun. Doch nach ihrem letzten Gespräch, in dem Doris fast so gewirkt hatte, als wäre sie bereits dabei, ihn zu verlassen, hatte er sich ein Herz gefasst. Er liebte sie. Sie war ihm wichtig. Auch wenn er es ihr nicht richtig zeigen konnte. Er wollte früher nach Hause, sie überraschen, damit sie wusste, dass er sie gehört hatte. Nicht, dass er es nicht sowieso schon tat, doch er musste es ihr offensichtlich richtig zeigen.

Doch nun war dieser Mann gestorben, der auch noch ungefähr in Teds Alter war, und ihn damit an seine eigene Sterblichkeit erinnerte, was ihn noch mehr stresste, als er es ohnehin schon war. Er zündete sich eine Zigarette an. Das Büro war schon ganz verqualmt. Eigentlich wunderte er sich, dass Doris noch nicht rausbekommen hatte, dass er wieder rauchte. Sie würde sich furchtbar darüber aufregen, doch vermutlich war er noch nicht oft genug zu Hause gewesen, um es mitzubekommen.

Doris stand auf ihrer Terrasse und drückte eine Zigarette im Blumentopf aus. Sie blies Rauch durch die Nase. Ted arbeitete wieder länger heute. Sie steckte sich eine zweite Zigarette an. Es wunderte sie nicht, dass er noch nicht mitbekommen hatte, dass sie wieder rauchte. Er würde sich sicherlich sehr darüber aufregen. Doch er war ja nicht da, um es mitzubekommen. Sie seufzte. Ein Mann kam um die Ecke ihres Gartens und grinste sie an. „Mein Liebes, Doris, bist du wieder allein?" Doris drückte schnell die Zigarette aus, damit ihr Nachbar, Nils es nicht mitbekam, doch seine Augen waren ihren Bewegungen gefolgt. „Ah, rauchen wir etwa heimlich?", seine charmanten Augen funkelten. Er senkte seine Stimme auf einen verschwörerischen Tonfall. „Das ist aber gar nicht artig." Er kam näher. Sie hätte ihn gerne fortgewiesen, doch ihr fiel nicht ein, wieso. „Lass mich in Ruhe, Nils." Er kam zu ihr auf die Terrasse. „Ah, ma belle, warum so abweisend?", flötete er. Er trat hinter sie und streichelte sacht mit den Lippen über ihren Nacken. „Nils!", fuhr sie auf. Er legte beide Arme um sie und sie gab es trotz allem auf, ihn zu vertreiben. „Es war schön mit dir", flüsterte er ihr ins Ohr, nun mit einem völlig un-sarkastischen Tonfall. „Lass es uns wiederholen." „Nils", sagte sie ziemlich streng. „Das war ein Fehler. Mein Mann soll nicht davon erfahren." Er wiegte sie sacht. „Er ist doch sowieso nie da, wie soll er das überhaupt merken. Er bemerkt doch gar nicht, dass du da bist."

Erst Monate später, wenn alles schon vorbei war, würde Ted von der Affäre erfahren. Und die Beziehung zweier Liebender wäre zerstört. Einer, der betrogen worden war, und eine, die sich unbemerkt vorkam von einem Menschen, der die Affäre nicht einmal bemerkt hatte. Zwei Menschen, die einander ehrlich liebten, würden sich verloren haben. Und alles nur, weil Peter Maurer gestorben war.

Es ist nun mal so. Menschen beeinflussen einander Tag für Tag. Nicht weltbewegend, nicht alles umfassend. Nur Kleinigkeiten. Ein Lächeln, ein Gruß, eine helfende Hand, eine böse Aussage, all das beeinflusst jemanden. Sie sind wie die Glieder eine Kette – die aneinanderhängen. Man ist nie allein. Von

Anfang an sind wir miteinander
verbunden.

Tom hatte sich endlich in Bewegung gesetzt
und ging wie im Traum die Straße entlang.
Er ging auf jenen Ort zu, wo die
Absperrungen stehen würden, wo noch alles
stillstand, weil ein Mann tot auf der Straße
lag, der Peter Maurer geheißen hatte. Und
all die Dinge, die guten und die schlechten,
die sinnlosen und die, die einen Sinn hatten,
würden sein oder auch nicht.

Sonnenlicht stahl sich durch die grauen
Wolken und fiel auf Tom herab. Noch
konnte er die Haltestelle und alle Anzeichen
dieses Todes nicht sehen.
Er blieb stehen und schloss die Augen,
während die Menschenmenge ihn wie einen
Stein umspülte.

Der Kreis

An dem Morgen, an dem das Leben endete,
waren ganz zarte Wolken am Himmel. Ein
helles Blau und flüchtige Striemen weiß am
Horizont. Eben erst hatten die ersten Läden
geöffnet.
Noch war alles still. Noch herrschte Ruhe
über den Läden der Bahnhofstraße.
Es war noch kühl vom Morgen.
Tom erreichte gerade die Traminsel am
Paradeplatz. Er hatte einen Becher mit
Kaffee in der einen Hand, seine
Aktentasche in der anderen.
Er eilte zum Kiosk, um noch eine Zeitung
zu kaufen, ehe sein Tram einfuhr. Noch war
alles, wie es immer war. Alles war friedlich.
Bald würde ein geschäftiger Tag folgen.
Tom versuchte, seine Zeitung zu zahlen,
ohne etwas von seinem Kaffee auszuleeren,
und kramte aus seinem Portemonnaie
Kleingeld. Er hatte angestrengt die Brauen
zusammengezogen, weil er Mühe hatte,
alles in Händen zu halten, und er das
gewünschte Kleingeld nicht fand.
Ein Mann ging an ihm vorbei, den er kaum
bemerkte.
Gerade war der Moment verstrichen, da
blickte Tom auf. Er sah diesen Mann, der

den gleichen Mantel trug wie er, und es irritierte ihn ein wenig.

Er sah ihm nach, dann setzten sich seine Beine wie von selbst in Bewegung. Er eilte ihm drei Schritte nach und legte eine Hand auf seine Schulter.

Der Mann drehte sich schwerfällig um, wie jemand, der erschrocken war, weil er keine plötzliche Berührung erwartet hatte, und Tom blickte in die blauen Augen des Fremden. Er war etwas älter als Tom, wie Tom feststellte, während das Tram hinter ihnen durchfuhr.

Der Mann hob eine Augenbraue. „Oh, entschuldigen Sie." Tom lächelte. „Ich hab Sie verwechselt." Der Mann sah ihn noch immer etwas verwirrt an. Tom drehte sich um und ging mit der Zeitung und dem Kaffee davon. Den Kopf gegen die erste kalte Brise eingezogen, ging er weiter und tauchte schließlich unter im Meer der Menschen.

Und die Welt drehte sich.

Ob dies alles alleine der Einfluss von Peter Maurers Tod war oder ob es auch sonst ähnlich gekommen wäre, konnte Tom nicht wirklich sagen. Denn Geschichten, die er erzählt hatte, waren das, was sie waren. Erdachte Geschichten. Denn in Wahrheit gab es keine Agatha, keinen Georg, keinen John, keine Emily, keine Linda. Sie alle waren nur Geschöpfe eines Tagtraums. Selbst Peter Maurers Tod war nur eine Ausgeburt seiner Fantasie.

Doch selbst das konnte er nicht klar sagen, denn vielleicht, vielleicht gab es diese Menschen ja wirklich, denn kein noch so fantasievoll erdachtes Leben konnte im Angesicht von sechs Milliarden Menschen als Möglichkeit ausgeschlossen sein. Und vielleicht hätte der Tod von Peter Maurer sie tatsächlich irgendwie berührt.

Die Menschen gehen Tag für Tag aneinander vorbei.
Manchmal treffen sie aufeinander und manchmal eben nicht. Sie erinnern an Blätter, die im Herbst auf der Oberfläche eines Flusses treiben. Sie treiben willkürlich dahin. Manchmal treffen sie aufeinander, lösen sich sofort wieder und ziehen in verschiedene Richtungen davon; manchmal bleiben sie aneinander hängen, trotz flüchtiger Berührung, und lösen sich nicht; und wieder manchmal treiben sie ganz dicht aneinander vorbei – doch die Strömung verändert unvorhersehbar ihren Weg und sie sind sich ungeahnt nahe und begegnen

sich doch nie. Der Strom zieht sie davon.
Was Schicksal ist und was Zufall oder ob
der Zufall das Schicksal bestimmt, können
wir nicht mit Bestimmtheit sagen.
Der Zusammenhang ist vom Auge nicht zu
erkennen. Doch er besteht. Wir müssen nur
genauer hinsehen. Jede Tat bewirkt etwas.
Nichts bleibt ungehört oder verschwindet,
ohne eine Spur zu hinterlassen.
Niemand ist allein.
Denn von der Wiege bis zur Bahre sind wir
miteinander verbunden.

„So hat also das schauderhafteste Übel, der Tod, für
uns keine Bedeutung, da ja, solange wir leben, der
Tod nicht anwesend ist, sobald aber der Tod eintritt,
wir nicht mehr leben werden." Zitat Friedrich
Nietzsche

Die Autorin Michelle Reznicek ist 1991 in Zürich geboren. Als Kind einer Zirkusfamilie ist sie «überall und nirgends» zu Hause. Ihre Leidenschaft gilt den schönen Künsten, wie Tanz, Artistik, Literatur und Comedy. Heute leitet sie gemeinsam mit Ihrer Familie das «Valentinos Traumtheater GmbH» - das in der ganzen Schweiz, Deutschland und Frankreich unterwegs ist.

Nach: «Nur ein Moment» erscheint 2020 ihr zweites Buch «Skydancer» beim Boox Verlag.

Erfahren Sie mehr über die Autorin auf ihrer Website.
www.michelle-reznicek.ch